राष्ट्रीय नायक

मोहन भागवत

(राष्ट्र को समर्पित राष्ट्र भक्त की जीवनी)

दोयल बोस

डायमंड बुक्स

www.diamondbook.in

प्रकाशकः डायमंड पॉकेट बुक्स (प्रा.) लि.
X-30, ओखला इंडस्ट्रियल एरिया, फेज-II
नई दिल्ली-110020
फोन : 011-40712200
ई-मेल : sales@dpb.in
वेबसाइट : www.diamondbook.in

Rashtriya Nayak : Dr. Mohan Bhagwat
By : Doyel Bose

समर्पण

यह पुस्तक मेरे स्वर्गीय दादा-दादी श्री शैलेन्द्र नाथ राय चौधरी व श्रीमती लतिका बसु राय चौधरी और मेरे नाना-नानी डॉ. सुशील कुमार नियोगी 'गुरुजी' तथा श्रीमती अमिया नियोगी को समर्पित है।

प्रकाशकीय

हमने हमेशा ही देश भर में फैले तमाम पाठकों तक श्रेष्ठ, प्रेरक, अन्वेषी एवं वैचारिक साहित्य को निरन्तर प्रकाशित किया है और भविष्य में भी करते रहेंगे। इसी श्रृंखला में डॉ. मोहन भागवत की जीवनी आप सुधी पाठकों के सामने प्रस्तुत है।

मोहन भागवत भारतीय पटल पर ही नहीं वरण विश्व पटल पर चमकने वाला वह सितारा है जिसने अपनी चमक को प्रारम्भ से लेकर आज तक बनाये रखने में सफल रहा है।

मोहन भगवत ने अपने श्रम, लगन और कार्यशैली से सभी को प्रभावित किया हैं उन्होंने एक सामान्य स्वयं सेवक से होते हुए राष्ट्रीय स्वयं सेवक संघ के छठे सरसंघचालक के दायित्व को बखूबी निभाया है। हमें यकीन है कि उनकी शून्य से शिखर तक की यात्रा प्रत्येक पाठक को प्रेरित करेगी।

हिन्दी, अंग्रेजी, मराठी और गुजराती भाषा के जानकार मोहन भागवत का जीवन, व्यक्तित्व तथा उनके प्रभावशाली विचारों ने भारतीय संस्कृति और सभ्यता के सार्वभौमिक सत्य को सर्वजन तक पहुंचाने का कठिन एवं श्रम साध्य कार्य किया है।

मोहन भागवत ने हिन्दुत्व और भारतीय संस्कृति की रक्षा हेतु किशोर अवस्था में ही अपना घर एवं अपनी शिक्षा को त्याग दिया था। स्पष्टवादी दृष्टिकोण और व्यवहार कुशलता के कारण ही आज वे भाजपा और संघ के मध्य एक अटूट धुरी बन चुके हैं। उनकी दूरदृष्टि एवं नेतृत्व क्षमता के कारण ही संघ और भाजापा के राजनैतिक एवं सांगठनिक तालमेल को उन्नत स्तर पर पहुंचा दिया है।

जब पूरे देश में भारतीय संस्कृति और सभ्यता पर चौतरफा हमला किया जा रहा है तो ऐसे कठिन समय में मोहन भागवत हिन्दूत्व की वैचारिक परिपक्वता, पक्षधरता और उनका अदम्य साहस एक राष्ट्रीय व्यक्तित्व, एक राष्ट्रीय नायक के रूप में उभर रहा है।

हम उनकी जीवन यात्रा और उनके विचारों को प्रकाशित करके गर्व का अनुभव कर रहे हैं।

–नरेन्द्र कुमार वर्मा

nk@dpb.in

भूमिका

किसी महान व्यक्तित्व के बारे में लिखना, उनके जीवन परिचय को शब्दों में बांधना अत्यंत मुश्किल कार्य होता है। राष्ट्रीय स्वयंसेवक संघ के प्रमुख मोहन राव भागवत आज किसी परिचय के मोहताज नहीं हैं। देश में भी और विदेशों में भी उनके नाम का डंका बज रहा है। उनमें कई ऐसी विशेषताओं का मेल है, जो व्यक्तिगत तौर पर तो अलग-अलग नेताओं में मिल जाती हैं, लेकिन एक ही व्यक्ति में उन सभी का मिलना अपवादस्वरूप होता है।

पेशे से पशु चिकित्सक और वर्तमान समय में राष्ट्रीय स्वयंसेवक संघ के सरसंघचालक मोहन भागवत एक व्यावहारिक नेता हैं। वह आधुनिकता के साथ-साथ हिन्दुत्व को अपनाने की पैरवी करते हैं। संघ की मूलभूत विशिष्टताओं को बरकरार रखते हुए मोहन भागवत समय के साथ बदलने में विश्वास रखते हैं।

मोहन भागवत हिन्दू धर्म और इसकी मान्यताओं का पूरा समर्थन करते हैं, लेकिन वह अस्पृश्यता के बड़े विरोधी हैं। उनका मानना है कि हिन्दू धर्म अनेकता में एकता को अपने अंदर समाहित किए हुए है, यहां बिना किसी भेदभाव के सभी अनुयायियों को बराबर स्थान और सम्मान मिलना चाहिए। उनके विचारों से रूबरू होना महत्त्वपूर्ण भी है और दिलचस्प भी।

जब मुझे डायमंड बुक्स की तरफ से माननीय मोहन भागवत पर किताब लिखने का प्रस्ताव मिला तो मैं खुशी से झूम उठी। हालांकि मन में थोड़ी आशंका भी थी कि क्या मैं उस महान व्यक्तित्व के बारे में यह पुस्तक लिख भी पाऊंगी। परंतु अपने सीनियर संतोष सिंह सर के मार्गदर्शन में, मैंने आरएसएस तथा भाजपा के अनेक महानुभावों से साक्षात्कार किया। इनमें डॉ. भागवत के निकट सहयोगियों में से एक तथा संघ प्रचारक डॉ. मनमोहन वैद्य तथा राज्यसभा सांसद विजय गोयल प्रमुख हैं। भाजपा

के दो वरिष्ठ स्वयंसेवकों ने विशिष्ट जानकारी प्रदान की। इन सभी लोगों के सहयोग और अपने मित्रों की मदद से मैं इस पुस्तक को पूरा करने में सफल हो सकी।

यहां यह उल्लेख करना प्रासंगिक होगा कि डॉ. मनमोहन वैद्य और विजय गोयल समेत सभी लोगों ने डॉ. भागवत की जीवनी लिखने के लिए यह समय उचित नहीं माना। वे चाहते थे कि संघ की परंपरा के अनुसार यह पुस्तक सरसंघचालक के जीते-जी न प्रकाशित हो, जैसे किसी महानुभाव की प्रतिमा की स्थापना होती है। हम भी उनकी भावनाओं का सम्मान करते हैं, किन्तु डॉ. भागवत की असीम लोकप्रियता और उनके विषय में जानकारी प्राप्त करने हेतु पाठकों की प्रबल मांग पर डायमंड पॉकेट बुक्स ने यह पुस्तक प्रकाशित करने का निर्णय लिया।

आज मैं जो कुछ भी हूं, जीवन के जिस मुकाम पर हूं; उसका श्रेय जाता है मेरे माता-पिता श्री दीपक बोस तथा श्रीमती कृष्णा बोस को। इसके अलावा जिन दो लोगों ने हमेशा मेरा शक्ति-स्तंभ बनकर मुझे हर हाल में अपना समर्थन दिया है, वह है मेरा छोटा भाई कौशिक बोस तथा मेरी सहेली पुष्पलता। इन सभी से मिले सहयोग के कारण ही मैं जीवन के अनेक उतार-चढ़ाव को सफलतापूर्वक पार करने के योग्य बन सकी। इसके अलावा मैं ईश्वर की भी शुक्रगुजार हूं कि उन्होंने मुझे एक खूबसूरत जीवन जीने का मौका प्रदान किया और अपने सपने को साकार करने का सुनहरा अवसर दिया।

मुझे इस महान विभूति के विषय में यह पुस्तक लिखते हुए जो गर्व अनुभव हुआ है, आशा करती हूं कि हमारे सुधी पाठकों को भी इस पुस्तक को पढ़ने के बाद, मोहन भागवत के श्रेष्ठ विचारों से अवगत होने के बाद उतना ही गर्व अनुभव होगा। अंत में डायमंड बुक्स के चेयरमैन नरेंद्र वर्मा जी की हृदय से आभारी हूं, जिन्होंने मुझे यह अमूल्य अवसर प्रदान किया।

–दोयल बोस

विजयादशमी: 22 अक्टूबर, 2015

अनुक्रम

सुपरिचय

पेशे से पशु चिकित्सक और वर्तमान समय में राष्ट्रीय स्वयंसेवक संघ के छठे सरसंघचालक (सर्वोच्च प्रमुख) डॉ. मोहन मधुकर राव भागवत, लोगों में मोहन जी भागवत के नाम से अधिक विख्यात हैं। वे संघ का प्रमुख बनने वाले डॉ. केशव बलिराम हेडगेवार (प्रथम सरसंघचालक), माधव सदाशिव गोलवलकर (द्वितीय सरसंघचालक) के बाद सबसे कम आयु के व्यक्तियों में से एक हैं। मोहन भागवत का जन्म 11 सितंबर, 1950 में महाराष्ट्र के विदर्भ क्षेत्र के एक छोटे से शहर चंद्रपुर में एक महाराष्ट्रियन ब्राह्मण परिवार में हुआ था। वे संघ कार्यकर्ताओं के परिवार से आते हैं। उनका पूरा परिवार तीन पीढ़ियों से राष्ट्रीय स्वयंसेवक संघ से जुड़ा हुआ है। उनके दादा नारायण राव भागवत, डॉ. केशव बलिराम हेडगेवार (राष्ट्रीय स्वयंसेवक संघ के संस्थापक) के समकालीन थे और उनके पिता मधुकर राव भागवत चंद्रपुर क्षेत्र के कार्यवाहक (सचिव) पद पर थे तथा उन्होंने गुजरात में पहले प्रांत प्रचारक (आरएसएस की इकाई) के तौर पर काम किया था। गुजरात में संघ को कार्य करते हुए सात वर्ष ही हुए थे कि वर्ष 1948 में वहां संघ पर प्रतिबंध लाद दिया गया। सौम्य व मृदुभाषी मधुकर राव इस प्रतिबंध को भला कैसे सहन कर लेते। उनके अंतर में संघर्ष की ज्वाला भड़क उठी। उन्होंने एक मां की तरह अपने सात वर्ष के बालक रूपी संघ को बचाने के लिए अपनी पूरी शक्ति लगा दी। गुजरात की धरती पर असत्य की आंधी में सत्य की ज्योति को जलाए रखना कितना कठिन था, उसकी तो केवल कल्पना ही की जा सकती है। किन्तु मधुकर राव धैर्य के साथ तत्कालीन स्वयंसेवकों में आत्मविश्वास जगाते हुए संघर्ष के लिए तैयार करते हुए सत्याग्रह की नई दिशा दिखाने में जुट गए। स्वतंत्रता आंदोलन के किसी भी एक कार्यक्रम में जितने लोगों को सत्याग्रह करके जेल जाना स्वीकार्य था, उससे भी कहीं अधिक लोगों ने संघ पर लगे प्रतिबंध को दूर करने के लिए गुजरात की जेलें भर दीं।

किसी भी अच्छे कार्य के लिए मन में विश्वास और एक प्रेरणा रूपी भाव को जगाने की जरूरत होती है। मधुकर राव ने लोगों में इस प्रकार की प्रेरणा जाग्रत करने में अनोखी कामयाबी प्राप्त की। उन्होंने ही भाजपा के शीर्षस्थ नेता लालकृष्ण आडवाणी का संघ से परिचय करवाया था और संघ में दीक्षित कराया था।

मोहन राव अपने पिता के सबसे बड़े बेटे हैं। उनके तीन भाई और एक बहन है। बचपन से ही उनकी एक धार्मिक बच्चे के रूप में परवरिश हुई। घर में हिन्दू नैतिक उपदेश सुनने को मिलते थे। वे सुबह तथा रात में सोने से पहले प्रार्थना किया करते थे और अगर कभी दिन में समय मिल जाए, तब भी प्रार्थना कर लिया करते थे। बचपन में मिली शिक्षा एवं धार्मिकता व राष्ट्र प्रेम से ओत-प्रोत पारिवारिक माहौल में पले-बढ़े भागवत जी के मन में भी बचपन से ही देशप्रेम और धर्म के प्रति सद्भावना तथा उत्साह का संचार होने लगा। मधुकर राव स्वयं संघ प्रचारक रहे और अपने सुपुत्र मोहन राव भागवत को प्रचारक के रूप में राष्ट्र चरणों में समर्पित करके इस आहुति यज्ञ में नव ज्योति प्रदान की। मोहन भागवत के छोटे भाई भी चंद्रपुर स्वयंसेवक संघ इकाई के अध्यक्ष हैं।

मोहन भागवत ने चंद्रपुर के 'लोकमान्य तिलक विद्यालय' से अपनी स्कूली शिक्षा प्राप्त की और स्थानीय 'जनता कॉलेज' से बी.एससी. प्रथम वर्ष की शिक्षा पूर्ण की। उन्होंने अकोला स्थित 'पंजाब राव कृषि विद्यापीठ' से पशु चिकित्सा विज्ञान और पशुपालन (वेटरिनरी साइंसेज एंड एनीमल हस्ज्बेंडरी) में स्नातक परीक्षा पास की। 25 जून, 1975 को पूरे देश में तत्कालीन प्रधानमंत्री इंदिरा गांधी द्वारा आपातकाल (एमरजेंसी) की घोषणा कर दी गई, नागरिक अधिकारों को निलंबित कर दिया गया और प्रेस पर सेंसरशिप लागू कर दी गई। अनेक संगठनों और राजनीतिक पार्टियों के साथ-साथ राष्ट्रीय स्वयंसेवक संघ ने भी आपातकाल का जबरदस्त विरोध किया, जिसका परिणाम यह हुआ कि आरएसएस के स्वयंसेवकों की पूरे देश में गिरफ्तारी आरंभ हो गई और उन्हें जेल में डालकर यातनाएं दी जाने लगीं। आपातकाल विरोधी इस आंदोलन से देश का कोई भी कोना अछूता न रहा। मधुकर राव भागवत भी आपातकाल के कट्टर विरोधी थे और एक स्वयंसेवक होने के नाते इस समस्या से जूझ रहे थे। उस समय मोहन भागवत पशु चिकित्सा में स्नातकोत्तर के छात्र थे। राष्ट्रवाद और हिन्दुत्व की विचारधारा के साथ-साथ देशप्रेम ने युवा मन में हिलोरें मारी और 1975 के अंत में, मोहन भागवत पशु चिकित्सा में अपना स्नातकोत्तर पाठ्यक्रम अधूरा छोड़कर संघ के पूर्णकालिक स्वयंसेवक बन गए।

आपातकाल के दौरान भूमिगत रूप से कार्य करने के बाद 1977 में भागवत अकोला (महाराष्ट्र) के संघ प्रचारक बन गए। संगठन में आगे बढ़ते हुए 1981 में उन्हें नागपुर व विदर्भ क्षेत्रों का प्रचारक बनाया गया। वर्ष 1991 में सारे देश में संघ कार्यकर्ताओं के शारीरिक प्रशिक्षण कार्यक्रम के लिए उन्हें अखिल भारतीय शारीरिक प्रमुख बनाया गया और उन्होंने 1999 तक इस दायित्व का निर्वहन किया। इसी वर्ष उन्हें, एक वर्ष के लिए, पूरे देश में पूर्णकालिक रूप से कार्य कर रहे संघ के सभी प्रचारकों का प्रभारी, अखिल भारतीय प्रचारक प्रमुख; बना दिया गया। वर्ष 2000 में, जब राजेंद्र सिंह (रज्जू भैया) और एच.वी. शेषाद्री ने स्वास्थ्य संबंधी कारणों से क्रमशः संघ प्रमुख-सरसंघचालक और महासचिव (सरकार्यवाह) का दायित्व छोड़ने का निश्चय करके त्यागपत्र दे दिया, तो के.एस. सुदर्शन को संघ का नया प्रमुख चुना गया और मोहन भागवत तीन वर्षों के लिए सरकार्यवाह चुने गए।

21 मार्च, 2009 को मोहन भागवत संघ के सरसंघचालक मनोनीत हुए। नौ वर्षों तक संघ प्रमुख के रूप में अपना दायित्व संभालने के बाद अपने खराब स्वास्थ्य को ध्यान में रखते हुए के.एस. सुदर्शन ने उन्हें अपना उत्तराधिकारी घोषित किया। उन्हें संघ का स्पष्टभाषी, विनम्र और व्यावहारिक प्रमुख माना जाता है, जो कि संघ को राजनीति से दूर रखने की एक स्पष्ट दूरदृष्टि रखते हैं। वे अविवाहित हैं तथा उन्होंने भारत एवं विदेशों में व्यापक भ्रमण किया है। वे लंबे समय से संघ से जुड़े कार्यकारी रहे हैं और संगठन में काम करते हुए सर्वोच्च पद पर पहुंचे हैं। वे 28 वर्ष की उम्र में ही एक प्रचारक बन चुके थे।

भाजपा तथा संघ के अन्य संगठनों के कार्यकर्ताओं के साथ भागवत के काफी अच्छे संबंध हैं। लालकृष्ण आडवाणी के साथ उनके संबंध आत्मीयतापूर्ण हैं। इसका मुख्य कारण यह है कि वर्ष 1940 में गुजरात में भागवत के पिता मधुकर राव के निर्देशन में ही युवा आडवाणी जी ने स्वयंसेवक बनने की अपने द्वितीय वर्ष के अधिकारी प्रशिक्षण कैंप (संघ के तीन वर्षीय प्रशिक्षण कार्यक्रम का एक भाग) का प्रशिक्षण लिया था। भागवत समय-समय पर भाजपा द्वारा आयोजित कार्यक्रमों और सम्मेलनों में भाग लेते रहते हैं। वे प्रधानमंत्री नरेंद्र मोदी द्वारा लिखित दो पुस्तकों के विमोचन समारोह (जब मोदी गुजरात के मुख्यमंत्री थे और वहां के स्थानीय राष्ट्रीय स्वयंसेवकों तथा विहिप के कार्यकर्ताओं ने मिलकर कार्यक्रम का आयोजन किया था) में भी शामिल हुए थे।

प्रायः ऐसा कहा जाता है कि संघ एक विकासशील संगठन है। केवल शाखा या विविध कार्य ही नहीं, बल्कि अनेक परंपराएं भी स्वयं विकसित

होती चलती हैं। पारिवारिक संगठन होने के कारण यहां हर काम के लिए संविधान नहीं देखना पड़ता। बाहर से देखने वाले को शायद यह अजीब लगता हो; परंतु जो लोग संघ और उसकी कार्यप्रणाली को लंबे समय से देख रहे हैं, वे इसकी वास्तविकता से परिचित हैं। उनके लिए यह सामान्य बात है।

यदि हम सरसंघचालक बनने की परंपरा को देखें, तो डॉ. केशव बलिराम हेडगेवार, जो कि संघ के संस्थापक भी थे, को उनके सहयोगियों ने बिना उनकी जानकारी के सरसंघचालक बनाया। डॉ. हेडगेवार ने इस अवसर पर कहा कि– 'आपके आदेश का पालन करते हुए मैं यह जिम्मेदारी ले रहा हूं; पर जैसे ही मुझसे योग्य कोई व्यक्ति आपको मिले, आप उसे यह दायित्व दे देना। मैं एक सामान्य स्वयंसेवक की तरह ही उनके साथ काम करूंगा।' जब हेडगेवार जी का स्वास्थ्य बहुत बिगड़ गया, तो उन्होंने अपने सहयोगियों से परामर्श कर अपने ऑपरेशन से पूर्व सबके सामने ही माधव सदाशिव राव गोलवलकर उर्फ गुरुजी को कहा कि– 'मेरे बाद आपको संघ का काम संभालना है।' इस प्रकार संघ को द्वितीय सरसंघचालक की प्राप्ति हुई।

जब गुरुजी को लगा कि अब उनका शरीर लंबे समय तक साथ नहीं दे पाएगा, तो उन्होंने भी अपने सहयोगी कार्यकर्ताओं से परामर्श किया और एक पत्र द्वारा बालासाहब देवरस को नवीन सरसंघचालक घोषित किया। वह पत्र उनके देहांत के बाद खोला गया था। बालासाहब ने गुरुजी के मृत्योपरांत यह जिम्मेदारी संभाली। इससे लोगों के मन में यह धारणा बनी कि यह जिम्मेदारी आजीवन होती है तथा पूर्व सरसंघचालक अपनी इच्छानुसार किसी को भी यह दायित्व दे सकते हैं। संघ विरोधी इसे एक गुप्त संगठन तो कहते ही थे, पर अब उन्होंने इसे अलोकतांत्रिक भी मान लिया।

बालासाहब देवरस ने अपने पूर्व के दोनों सरसंघचालकों द्वारा अपनाई गई प्रक्रिया से हटकर नवीन सरसंघचालक की नियुक्ति की। लगातार गिर रहे स्वास्थ्य के कारण उन्होंने अखिल भारतीय प्रतिनिधि सभा में सभी प्रतिनिधियों के सम्मुख प्रो. राजेंद्र सिंह उर्फ रज्जू भैया को नया सरसंघचालक घोषित करते हुए अपना उत्तरदायित्व सौंपा। इसके बाद समय आने पर रज्जू भैया ने भी कृपाहल्ली सीतारमैया सुदर्शन जी को इसी विधि से अपना उत्तरदायित्व सौंपकर एक नई परंपरा का पालन किया। इस प्रकार संघ में एक नई परंपरा विकसित हुई। जहां तक पांचवें सरसंघचालक सुदर्शन जी की बात है, तो दायित्व मुक्ति तक वे काफी स्वस्थ थे। फिर भी जब उन्हें लगा कि मोहन भागवत के रूप में एक सुयोग्य एवं ऊर्जावान कार्यकर्ता

सामने है, तो उन्होंने भी जिम्मेदारी छोड़ दी। यह है एक परंपरा में विश्वास और दूसरी परंपरा का विकास। पुरानी नींव पर नये निर्माण का इससे अधिक सुंदर उदाहरण और क्या होगा?

नागपुर में मार्च, 2009 में संपन्न हुई संघ की अखिल भारतीय प्रतिनिधि सभा में सुदर्शन जी ने संघ की गौरवशाली परंपरा का उल्लेख करते हुए सरसंघचालक की नियुक्ति परंपरा, उसमें हुए परिवर्तनों का संदर्भ देते हुए नवीन सरसंघचालक के रूप में मोहन भागवत के नाम की घोषणा कर दी। उन्होंने भागवत को एक कुशल संगठक, सबकी सुनने का धैर्य रखने वाला, अध्ययनशील, विनोदी, प्रसन्न व मधुर स्वभाव का धनी बताया और उनके सरकार्यवाह बनने पर (स्व.) बबुआ जी का कथन उद्धृत किया– 'इन्हें देखकर डॉ. साहब की याद आती है।'

गुरुजी गोलवलकर के बाद भागवत छठे सबसे कम उम्र के (58 वर्ष की आयु में) राष्ट्रीय स्वयंसेवक संघ प्रमुख बने हैं। वर्ष 2000 में भागवत संघ के महासचिव बने थे और उस समय सुदर्शन जी ने राजेंद्र सिंह से सरसंघचालक का पद ग्रहण किया था।

वर्ष 2009 में मोहन भागवत के नए सरसंघचालक बनने का समाचार प्रसार माध्यमों ने अपने-अपने ढंग से प्रस्तुत किया। एक प्रमुख अंग्रेजी दैनिक समाचारपत्र ने उन्हें 'आडवाणी मैन' कहकर उद्धृत किया, जिस पर मोहन भागवत ने कुछ इस तरह अपनी टिप्पणी की– 'मुझे अंग्रेजी ठीक से नहीं आती, लेकिन 'आडवाणी मैन' का अर्थ आडवाणी के अनुसार ऐसा होता होगा, ऐसा मैं समझता हूं। यदि यह अर्थ ठीक है, तो जिस संपादक ने यह शीर्षक दिया, उसकी बुद्धि पर तरस ही खाया जा सकता है। मुझे यह भी बताया गया कि उस विशिष्ट दैनिक के अन्य स्थानों से प्रकाशित संस्करणों में ऐसा बचकाना शीर्षक नहीं था।

'संघ : कल, आज और कल' इस सद्यः प्रकाशित लेख में संघ की भूमिका मैंने स्पष्ट की है। उस पुस्तक में मैंने स्पष्ट किया है कि संघ संपूर्ण समाज का संगठन है, समाज के अंतर्गत एक संगठित समूह नहीं तथा जो संपूर्ण और समग्र होता है, वहीं सर्वोपरि होता है। वह किसी का भी अनुचर नहीं होता। इतर घटक उसके अनुचर हो सकते हैं, होते हैं। सरसंघचालक, इस संपूर्ण समाज के संगठन के प्रतीक रूप होते हैं। वह किसी व्यक्ति का 'मैन' है, ऐसा कहना भूल नहीं, वरन् अपमानजनक है, क्योंकि वह सबके लिए समान होता है। पर यह विवेक जल्दबाजी में काम करने वालों को नहीं सूझता, तो उसमें आश्चर्य नहीं। कोंकण क्षेत्र से आए एक मित्र ने मुझे बताया कि एक टीवी चैनल ने 'संघ की शाखाएं कम

हो गई, उसकी उपस्थिति घटने लगी, इस कारण निराश होकर सुदर्शन जी ने पदत्याग दिया' ऐसी फुलझड़ियां छोड़ी थीं। सोच में एक बार भटकाव आ जाए तो उसको मर्यादा में रहने का कोई कारण नहीं बचता। समाचार माध्यमों के व्यवहार से यही प्रतीत होता है।

वैसे संघ को समझना थोड़ा कठिन ही है। कारण, संघ विद्यमान संस्था नमूनों (इंस्टि्टयूशनल मॉडल्स) के सांचे में फिट बैठता ही नहीं। सैकड़ों नहीं, 2,000 से अधिक संख्या में संघ के प्रचारक हैं। 'प्रचारक' इस शब्द को विशिष्ट अर्थ संघ ने प्रदान किया है। जिस समय मैं संघ का प्रवक्ता था, तब विदेशी पत्रकारों और जिज्ञासुओं को 'प्रचारक' शब्द का समग्र अर्थ समझा सकें, ऐसा अंग्रेजी पर्याय मुझे मिला ही नहीं। 'फुल टाइमर' कहकर मैं काम चलाता था, किन्तु फुल टाइमर अर्थात् पूर्णकालिक ऐसे कार्यकर्ता वेतनधारी, मानधन लेने वाले हो सकते हैं। संघ के स्वयंसेवकों द्वारा प्रारंभ किए गए विभिन्न क्षेत्रों में ऐसे मानधनकारी पूर्णकालिक हैं, इसमें न्यूनता का कुछ भी भाव नहीं है, लेकिन संघ में किसी को मानधन नहीं मिलता। प्रचारक अविवाहित होता है। अपवाद स्वरूप कुछ प्रचारक ऐसे भी हैं, जो विवाहित हैं, पर वे अपनी गृहस्थी से मुक्त हो चुके हैं। उन्हें जो काम बताया जाए और जहां काम करने के लिए कहा गया हो, वहीं उसी स्थान पर काम करना होता है; ऊपर से प्रसिद्धि नहीं, अनाम अंधेरे में रहना होता है। ऐसा भी नहीं कि यह प्रचारक मंडली अल्पशिक्षित है, अनेक पी.एचडी. उपाधि प्राप्त हैं, इंजीनियर हैं, एम.बी.ए. हैं, स्नातकोत्तर स्तर की शिक्षा प्राप्त कर उपाधि धारण करने वाले तो बहुसंख्यक हैं। किस प्रेरणा से ये उच्च शिक्षित लोग संघ के लिए काम करते होंगे? कदाचित इस प्रश्न का उत्तर होगा भी है। सचमुच, यह एक संन्यासी मंडली ही है, जो संत ज्ञानेश्वर के उपदेश **'अलौकिक नोहावे लोकांप्रति'** (लोगों के बीच अलौकिक न हो) को ध्यान में रखकर ही कार्य करती है, जिसकी शिक्षा संघ संस्थापक डॉ. हेडगेवार जी ने कार्यकर्ताओं को दी थी। परिश्रम से, तपस्या से और सर्वसामान्य समाज से मिलने वाले सभी प्रकार के सहयोग से संघ का काम अधिक व्यापक, अधिक गहरा और अधिक प्रभावी होगा, इसका मुझे भरोसा है।'

हिमाचल प्रदेश की राजधानी शिमला में सरसंघचालक बनने के बाद मोहन राव भागवत का प्रथम प्रवास हुआ। उनका पहला कार्यक्रम इतना प्रभावी था कि पूरा शहर मानो संघमय हो गया। संघ के प्रति रुचि न रखने वाले भी भागवत के विचारों को सुनकर उनकी प्रशंसा किए बिना न रह सके। अपने उद्बोधन में भागवत ने स्पष्ट कहा कि विश्व में शांति

और सद्भाव के लिए भारत को परम वैभव पर पहुंचाना एक अनिवार्यता है। अन्य देशों की विचारधाराएं दूसरे सभी पंथों और विचारों के प्रति असहिष्णु रही हैं और विश्व को एक ही रंग में रंगना चाहती है। जबकि हिन्दुत्व सभी पंथों एवं सद्विचारों का सम्मान करने की हजारों वर्ष पुरानी परंपरा पर आज भी कायम है। इसी में विश्वशांति की कुंजी छिपी है।

अपने भाषणों में भागवत जी स्वामी विवेकानंद के विचारों की बात अकसर किया करते हैं। इसके अलावा वे उपदेशक छोटी-छोटी कहानियों, सारगर्भित श्लोकों, महान विभूतियों के अनमोल वचनों तथा विचारों, रामायण, महाभारत, गीता एवं वेदों में वर्णित वाक्यों को भी अत्यंत खूबसूरती से अपने भाषणों में सम्मिलित करते हैं, जो उनके विद्वतापूर्ण विचारों और व्यापक दृष्टिकोण को एक नया आयाम प्रदान करता है।

सादा जीवन जीने वाले तथा उच्च विचार धारण करने वाले मोहन भागवत अपनी उन्नत प्रतिभा के कारण हिन्दू धर्म, विभिन्न जातियों तथा देश-विदेश के लोगों के बीच महान आदर्श के रूप में स्वीकार्य रहे हैं। सरसंघचालक को संघ में 'गाइड, दार्शनिक और दोस्त' के रूप में देखा जाता है। इस स्थिति में संघ प्रमुख को अपने लक्ष्य की दिशा में लगातार आगे बढ़ते हुए संगठन का नेतृत्व करने की जिम्मेदारी है। इस संदर्भ में भागवत जी का नेतृत्व प्रोत्साहन के रूप में अच्छी तरह का मार्गदर्शन प्रदान करता है।

मोहन भागवत वर्ष 2009 में के.एस. सुदर्शन के बीमार होने के बाद संघ प्रमुख बने थे। पांचवीं पीढ़ी के पहले संघ प्रमुख इस मायने में अपने पूर्ववर्तियों से बिलकुल अलग हैं कि वे अब सक्रिय राजनीतिक भूमिका निभा रहे हैं। लेकिन 2009 में जहां चुनावी हार के बाद संघ को नये सिरे से नीतियां तैयार करनी थीं, वहीं 2014 में मामला बिलकुल उलटा था। एक साल पहले नाराज लालकृष्ण आडवाणी ने भाजपा के तीनों महत्त्वपूर्ण पदों से इस्तीफा दे दिया था। उस वक्त पूर्व लिखित पटकथा की तरह एस. गुरुमूर्ति बीच-बचाव करने पहुंचे और उन्होंने अपने मोबाइल से भागवत को फोन किया। भागवत के करीबी माने जाने वाले एक कारोबारी दिलीप देवधर बताते हैं- 'संघ प्रमुख मोहन भागवत ने आडवाणी को ऐसा कदम उठाने से रोका और अन्य बातों के अलावा उन्होंने इस बात का हवाला दिया कि इस समय सबसे बड़ी जरूरत सभी के एकजुट रहने और दिखने की है।' इन दबावों के चलते आडवाणी को अपना रुख नर्म करना पड़ा।

इस पूरे प्रकरण का संदेश तब साफ हो गया, जब कुछ समय बाद राजनाथ सिंह ने घोषणा कर दी कि आडवाणी अपना इस्तीफा वापस ले चुके

हैं। पार्टी के वरिष्ठ नेता जाने-अनजाने यह मानते हैं कि पार्टी की आंतरिक राजनीतिक मुश्किलों को हल करने के लिए संघ महत्त्वपूर्ण भूमिका निभाता रहा है। संघ 2009 में जिस काम को 'सूक्ष्म प्रबंधन' कहता था, उसकी सूक्ष्मता अब गायब हो चुकी है और इसको स्पष्ट रूप से देखा जा सकता है। संघ के कामों पर नजर रखने वाले कई विश्लेषकों ने पिछले दिनों में यह दोहराया है कि 2004 के बाद से संघ संगठन का असर भाजपा पर बढ़ता गया है। हालांकि भागवत के आने के बाद उनके दिशा-निर्देशन में यह नियंत्रण ज्यादा कड़ा हो गया है। ऐसे में हैरानी नहीं कि आडवाणी को अपने से 20 साल कनिष्ठ उस संघ प्रमुख की बात माननी पड़ी, जिसके जन्म से पहले ही वे संघ कार्यकर्ता बन चुके थे।

राष्ट्रीय स्वयंसेवक संघ प्रमुख सुदर्शन के कार्यकाल में तत्कालीन प्रधानमंत्री अटल बिहारी वाजपेयी की राजग सरकार और संघ के संबंधों में कई उतार-चढ़ाव आए। गोधरा कांड के दंगों और लालकृष्ण आडवाणी की पाकिस्तान यात्रा के समय जिन्ना विवाद को लेकर भी संघ परिवार की काफी आलोचना हुई थी। कह सकते हैं कि संघ प्रमुख सुदर्शन की शुरुआती वर्षों में केंद्र में भाजपा की सरकार से तनातनी रही थी। मोहन भागवत को संघ का नया प्रमुख बनाने के पीछे यह मंशा भी थी कि वे भाजपा के साथ संघ के संबंधों को फिर से परिभाषित करेंगे और भगवा पार्टी को केंद्र की सत्ता में लौटने के कड़े प्रयास में भरपूर सहयोग करेंगे।

भागवत ने संघ की संगठनात्मक नीति में ऐसे बदलाव की शुरुआत की, जिनसे वह समकालीन राजनीतिक और अन्य चुनौतियों से निपट सके, क्योंकि उस दौरान भाजपा और संघ के रिश्ते बदलाव के जटिल दौर से गुजर रहे थे। 16वीं लोकसभा के आम चुनावों में भाजपा को निर्णायक चुनावी जीत मिलने के बाद इस खेमे में एक किस्म की आश्वस्ति का भाव तो है, लेकिन इस बीच कुछ ऐसा भी घटित हो रहा है, जो निहायत ही जटिल और गूढ़ है। भागवत ने अभी तक की परिपाटी से इतर बहुत से वरिष्ठ संघ पदाधिकारियों को भाजपा में भेजकर उसके साथ तालमेल बिठाने के काम पर तैनात कर दिया है। यह इस बात का संकेत है कि पार्टी और उसके मातृ संगठन के बीच संवाद के तौर-तरीके और स्तर में बड़े बदलाव आ रहे हैं। संघ यह सुनिश्चित करना चाहता है कि पार्टी की चुनावी जीत यूं ही न गंवा दी जाए। संघ की यह चिंता अपने उस घोषित विचार से एकदम उलट है, जिसमें वह कहता रहा है कि राजनीतिक भूमिका पूरी तरह भाजपा के हवाले है और उसका उद्देश्य सिर्फ सामाजिक

व सांस्कृतिक गतिविधियां आयोजित करना तथा उन्हें आगे बढ़ाना है।

इस समय भाजपा पर संघ का नियंत्रण और सख्त हो चुका है। दिल्ली में 'केशव कुंज' स्थित संघ के स्थानीय मुख्यालय के अंदरूनी सूत्र इस बदलाव की अलग व्याख्या करते हैं। मध्य प्रदेश के एक वरिष्ठ संघ पदाधिकारी का मानना है कि– 'जनता ने जो भारी जनादेश दिया है, उसे संगठनात्मक कमजोरी के चलते गंवाया नहीं जा सकता है। संघ को पता है कि रोज-रोज की राजनीतिक जरूरतें कई बार क्षणिक समझौतों की ओर ले जाती हैं। हमें यह सुनिश्चित करना होगा कि हमारे संदेश की मूल भावना नष्ट न होने पाए।'

जब चुनाव के नतीजे एकतरफा रहे हों, तब संघ की यह अति सक्रियता हैरान करती है। हिन्दुत्व की विचारधारा पर आधारित संगठनों के इतिहास में ऐसा कभी नहीं हुआ कि कोई एक व्यक्ति संघ परिवार पर इतना निर्णायक प्रभाव डालने की स्थिति में पहुंचा हो, जितना कि भागवत पहुंचे हैं। एक समय ऐसा भी रहा है, जब संघ और भाजपा के बीच इस कदर दबाव नहीं होता था। उस कालखंड में पार्टी के मामलों पर नजर रखने के लिए आमतौर पर केवल एक व्यक्ति की नियुक्ति की जाती थी। वर्ष 2014 के आम चुनावों में प्राप्त भारी बहुमत और उससे पैदा हुई उम्मीदों के दबाव ने मजबूर कर दिया है कि संघ अपने संगठनों के लिए केवल मंथन शिविर से अलग कुछ और कामों को अंजाम दे। ऐसा लगता है कि भाजपा वापस अपने शुरुआती दिनों में पहुंच रही है, जब संघ अपने प्रतिनिधियों के माध्यम से पार्टी के हर कदम पर नजर रखता था। किन्तु इस बार ये तौर-तरीके काफी अलग हैं। भाजपा इस समय जिस तरह से एक व्यक्ति के आसपास केंद्रित लग रही है, उसी का असर है कि संघ की 'सूक्ष्म प्रबंधन' वाली नीति में खास तरह से बदलाव आए हैं। अब भाजपा पर नजर रखने के लिए संघ पदाधिकारियों की सक्रियता और बढ़ चुकी है। संघ के जो लोग भाजपा में भेजे गए हैं, उन्हें संघ प्रमुख मोहन भागवत की तरफ से स्पष्ट निर्देश है कि भाजपा नेतृत्व पार्टी के लिए जो भी फैसले करें, लेकिन उन प्रतिनिधियों को सुनिश्चित करना है कि संघ की पकड़ पार्टी पर मजबूत होती जाए।

भाजपा की ऐतिहासिक जीत के नायक भले ही नरेंद्र मोदी हों, पर्दे के पीछे से जीत की कथा संघ प्रमुख मोहन भागवत ने लिखी थी। मोहन भागवत ने न सिर्फ संघ के सभी स्वयंसेवकों को मैदान में उतरने का निर्देश दिया, बल्कि मोदी का विरोध करने वाले भाजपा के वरिष्ठ नेताओं को किनारे लगा दिया। इसके साथ ही पहली बार संघ के मुखपत्र 'पांचजन्य'

ने 300 सीटों पर सर्वेक्षण कराकर आम जनता को छूने वाले स्थानीय मुद्दों की सूची तैयार कर ली थी।

आपातकाल के बाद यह पहला मौका था, जब संघ पूरे तौर पर चुनावी मैदान में उतर आया। दरअसल, संप्रग सरकार के हिन्दू आतंकवाद के नाम पर अपने नेताओं को घेरने की कोशिश के बाद सतर्क हुए संघ ने परिवर्तन की पटकथा तभी लिखनी शुरू कर दी थी।

संघ के एक वरिष्ठ नेता के अनुसार– 'वरिष्ठ नेताओं के विरोध के बावजूद भाजपा के लिए नरेंद्र मोदी को प्रधानमंत्री का उम्मीदवार घोषित करना आसान नहीं था। लेकिन संघ के आगे इन नेताओं की एक नहीं चली। एक बार नरेंद्र मोदी को आगे करने के बाद संघ ने जमीनी तैयारियों की जिम्मेदारी खुद संभाल ली। सभी स्वयंसेवकों को, घर-घर जाकर परिवर्तन के लिए वोट डालने हेतु लोगों को जागरूक करने के काम में लगा दिया गया।'

यहां तक कि चुनावी बिगुल बजने के लगभग पांच महीने पहले नागपुर मुख्यालय में विजयादशमी के संबोधन में मोहन भागवत ने देशभर से आए स्वयंसवेकों को चुनावी तैयारियों में जुटने का निर्देश दिया था। मोहन भागवत ने खुद यह सुनिश्चित किया और विश्व हिन्दू परिषद्, बजरंग दल, वनवासी कल्याण आश्रम, भारतीय मजदूर संघ तथा भारतीय किसान संघ जैसे लगभग चार दर्जन आनुषांगिक संगठनों को अपने-अपने क्षेत्र में मोदी के लिए जमीन तैयार करने का निर्देश दिया।

भागवत का ही डर था कि पूरे चुनाव के दौरान अल्पसंख्यकों के खिलाफ आग उगलने वाले विहिप और बजरंग दल के नेताओं के मुंह बंद रहें। चुनाव के बीच में मुस्लिम व्यापारी का घर खाली कराने के मामले में प्रवीण तोगड़िया के वीडियो आने के तत्काल बाद इसका खंडन कर संघ ने नुकसान रोकने की कोशिश की।

चुनाव के दौरान भी संघ के स्वयंसेवक भाजपा कार्यकर्ताओं के साथ कंधे-से-कंधा मिलाकर मतदाताओं को घर से मतदान केंद्रों तक पहुंचाते रहे। संघ की सक्रियता का अंदाजा इससे लगाया जा सकता है कि उसने बाकायदा 300 सीटों पर सर्वे कराकर वहां के स्थानीय मुद्दों का ब्योरा तैयार किया, ताकि वहां स्थानीय भाजपा नेता व स्थानीय कार्यकर्ता के साथ-साथ स्वयंसेवकों को आम जनता से संपर्क में सहूलियत हो।

भागवत ने संघ और भाजपा के बीच जबरदस्त संतुलन कायम किया, जिसका नतीजा 2014 के लोकसभा चुनाव में देखने को मिला और इसका पूरा श्रेय उन्हें ही जाता है।

दिल्ली विश्वविद्यालय के शिक्षक संघ से जुड़े राकेश कंवर ने एक बार संघ प्रमुख मोहन भागवत से प्रश्न किया कि– 'उन पर आरोप लगने लगा है कि वे राजनीतिक हैं। इस बारे में वे क्या कहेंगे?' इस पर सरसंघचालक ने कहा कि– 'हम राष्ट्र की बात करने वालों का समर्थन करते हैं। जो राष्ट्र की बातें करता है, संघ उसके साथ है। अच्छे काम के लिए संघ सभी के साथ है। गोहत्या बंद हो, राम मंदिर का निर्माण हो, यह हमारा कार्य है। संघ से जुड़ने वाले लोगों को अलग नजर से देखना कदापि उचित नहीं है।'

सरसंघचालक के पद पर सात वर्षों से कार्यरत मोहन भागवत पर इस कार्य अवधि के दौरान कई मुद्दे उठाए गए, जिन पर राजनीतिक हलचलें भी मचीं। उनके बयानों पर तीखे प्रहारों का सामना किया गया, उनके विचारों की तीव्र आलोचनाएं की गईं। यहां कि कि उन्हें विपक्ष द्वारा 'भगवा आतंकवादी' भी कहा गया; और तो और मालेगांव विस्फोट के एक आरोपी ने तो उन पर आईएसआई के साथ संबंध रखने का भी आरोप लगाया था, जिसके कारण उनका नाम एटीएस के आरोपपत्र में भी आया था। लेकिन कोई मुद्दा टिक नहीं पाया। कहते हैं ना कि सांच को आंच नहीं। उनके बारे में आम राय है कि वे किसी भी नेता को निजी तौर पर नाराज नहीं करते। संघ के स्वयंसेवक भी अपने मन की बात सीधे सरसंघचालक से करते हैं। इसके लिए पत्र सबसे महत्त्वपूर्ण माध्यम है।

औद्योगिक नगरी कानपुर मोहन भागवत के पसंदीदा शहरों में एक बताया जाता है। यहां तीन साल में एक बार स्वयंसेवकों का सम्मेलन आयोजित किया जाता है, जिसमें उन्हें संघ की पुरातन संस्कृति और नई नीतियों से अवगत कराया जाता है। सम्मेलन में उन्हीं को प्रवेश मिलता है, जो पूर्ण गणवेश में रहते हैं। सम्मेलन में संघ से जुड़े सभी घटक दल यहां तक कि भाजपा के कार्यकर्ता भी शामिल होते हैं। वैसे तो इस कार्यक्रम में सरकार्यवाह के रूप में मोहन भागवत कई बार आ चुके हैं, परंतु संघ प्रमुख के रूप में इस कार्यक्रम में शामिल होने हेतु वे दो बार आ चुके हैं। भागवत से पहले सरसंघचालक के रूप में सुदर्शन जी, रज्जू भैया और बालासाहब देवरस भी यहां आकर गणवेशधारियों को संबोधित कर चुके हैं।

संघ प्रमुख को जैसा लोग जानते हैं, उसके अनुसार वे जन्मजात देशभक्त हैं। बचपन से ही उनके मन में राष्ट्र प्रेम की भावना व देशहित से जुड़े कार्यों आदि के विचार चलने लगे थे। यही कारण है कि बड़े होकर पढ़ाई पूर्ण करने के बाद उन्होंने यह नहीं सोचा कि अपनी गृहस्थी बनाऊं या कमाई करूं; बल्कि यह विचार किया कि जब तक देश का भाग्य नहीं

बदलता है, तब तक अपने जीवन के बारे में कोई विचार नहीं करना। यही कारण है कि देशहित के हर काम में वे सहभागी बने रहते हैं।

सरसंघचालक जी कहते हैं– 'जब तक स्वार्थों से ऊपर उठकर हम बंधु भाव से समाज नहीं बनाते, तब तक संविधान हमारी रक्षा नहीं कर सकता। संपूर्ण समाज एक करना, गुण संपन्न, संगठित समाज देश के भाग्य परिवर्तन की मूल आवश्यकता है। जाकी रही भावना जैसी, प्रभु मूरत देखी तिन तैसी। अपने को बदलो मत। खान–पान आदि विविधताओं को लेकर भेद करना ठीक नहीं। हमारी भारतीय संस्कृति सबको साथ लेकर चलती है। इस संस्कृति को ही हिन्दू कहते हैं। हम सबको अपनी विविधताओं, विशेषताओं को बनाए रखते हुए एक साथ खड़ा होना होगा, तब ही अपना देश दुनिया को रास्ता दिखा सकता है। अनुकूलता व प्रतिकूलता चलती रहती है। यदि हमारा समाज स्थिर है, तो हम पर परिस्थितियों का कोई अंतर नहीं पड़ेगा। जो बताना है उसको खुद करो। रोना निराशामयी विकल्प है। परिस्थिति को पार करने के लिए जो करना चाहिए, वह पहले खुद करो, फिर दूसरे को सिखाओ। अंधेरे से लड़ने की जरूरत नहीं, एक दीप जलाओ अंधेरा भाग जाएगा। परिस्थिति से निपटने के लिए उनमें से होकर गुजरना होगा।'

मोहन भागवत एक व्यावहारिक नेता हैं। वह आधुनिकता के साथ हिन्दुत्व को अपनाने की पैरवी करते हैं। संघ की मूलभूत विशिष्टताओं को बरकरार रखते हुए मोहन भागवत समय के साथ बदलने में विश्वास रखते हैं। मोहन भागवत हिन्दू धर्म और उसकी मान्यताओं का पूरा समर्थन करते हैं, लेकिन वह अस्पृश्यता के बड़े विरोधी हैं। उनका मानना है कि हिन्दू धर्म अनेकता में एकता को अपने अंदर समाहित किए हुए है, यहां बिना किसी भेदभाव के सभी अनुयायियों को बराबर स्थान और सम्मान मिलना चाहिए। वे छुआछूत के विरोधी हैं। हिन्दू समाज में अस्पृश्यता के सवाल पर उनका कहना है– 'छुआछूत का कोई स्थान नहीं होना चाहिए। हिन्दू समाज को अपने ही लोगों के खिलाफ भेदभाव जैसी कमजोरी को मिटाना चाहिए। इसके लिए हिन्दू समुदाय के लोगों को समाज में प्रचलित भेदभाव वाली मानसिकता को दूर करना चाहिए और इसकी शुरुआत प्रत्येक हिन्दू के घर से की जानी चाहिए।'

भागवत राष्ट्र से जुड़े प्रत्येक पहलू पर अपनी व्यापक नजर रखते हैं, ताकि हमारा देश उन्नति के शिखर पर विराजमान रहे। इस संदर्भ में वे किसानों के हितों के बारे में भी उतने ही चिंतित रहते हैं, जितने कि आदिवासी वनवासी समाज के उत्थान के प्रति। उनका कहना है कि खेती को जीवन संस्कृति समझकर करना चाहिए। संतुलित जीवन जीने का तरीका कृषि से ही आता

है। 'भारतीय किसान संघ' ने कृषि व ग्रामीण विकास की जो परिकल्पना की है, उसकी शुरुआत प्रत्येक प्रांत के एक गांव से अवश्य हो। ग्राम समितियों के गठन के लिए किसान के हित में सोचने वाले व्यक्तियों को भी किसान संघ के साथ अवश्य जोड़े। चिंतन वर्ग का सार ऊपरी स्तर पर ही न रह जाए, इसका हमें विशेष ध्यान रखना चाहिए। गांवों की बदहाली, किसानों की समस्या, गांवों से आबादी का पलायन, परंपरागत कृषि की बदहाली और सरकारी नीतियों के दोषपूर्ण क्रियान्वयन पर समुचित रणनीति बनाने की आवश्यकता है ताकि खेत और किसान का समग्र विकास हो।

'समन्वय संकल्पना' समाज जीवन के विविध क्षेत्रों में कार्य करने वाले लोगों के लिए उपयोगी पुस्तक है। इस छोटी-सी पुस्तिका में राष्ट्रीय स्वयंसेवक संघ के सरसंघचालक मोहनराव भागवत का एक बहुत ही प्रेरक उद्बोधन दिया गया है। यह उद्बोधन उन्होंने 23-24 अगस्त, 2007 को नासिक में महाराष्ट्र राज्य समन्वय बैठक में दिया था। तब वे संघ के सरकार्यवाह थे। मूलतः मराठी में दिए गए उस उद्बोधन का हिन्दी अनुवाद ओंकार भावे ने किया है।

हिन्दी, अंग्रेजी, मराठी और गुजराती भाषाओं के जानकार मोहन भागवत को गुजराती लिखनी और पढ़नी तो आती है, मगर बोलना नहीं आता। अपने खाली समय में भागवत हिन्दी और अंग्रेजी भाषा की साइंस फिक्शन और इतिहास पर आधारित ऐतिहासिक फिल्में देखना पसंद करते हैं।

डॉ. भागवत शिक्षा को अत्यंत महत्त्व देते हैं। उनका मानना है कि शिक्षा से ही श्रेष्ठ मनुष्यों का निर्माण संभव है। शताब्दियों से भारत शिक्षा का महत्त्वपूर्ण केंद्र रहा है और अपने उस गौरवपूर्ण स्थान को हमें पुनः प्राप्त करना है। शिक्षा ही अगली पीढ़ी को आकार देती है, जिसका प्रभाव संपूर्ण मानवता पर होता है। अतः उस पर चिंतन होना चाहिए। अलग-अलग विचारधाराओं को मानने वाले अनेक चिंतक इस दिशा में सचेष्ट हैं। हम पर बहुत बड़ी जिम्मेदारी है, क्योंकि संपूर्ण विश्व को आशा है कि भारत शांतिपूर्ण और संघर्ष रहित जीवन के लिए बेहतर मार्ग दिखा सकता है।

'भगवान महावीर इंस्टीट्यूट ऑफ टेक्नोलॉजी' में 25-28 सितंबर, 2014 तक राष्ट्रीय स्वयंसेवक संघ, दिल्ली प्रांत द्वारा युवा संकल्प शिविर का आयोजन किया गया था। चार दिवसीय इस शिविर में दिल्ली के वे स्वयंसेवक शामिल हुए, जो किसी-न-किसी महाविद्यालय में पढ़ाई कर रहे थे। छात्रों की कुल संख्या 2028 थी, इस शिविर में छात्रों ने विभिन्न प्रतियोगिताओं में अपनी प्रतिभा का परिचय दिया और उन्हें शिक्षा के संदर्भ में मोहन राव भागवत जी का अमूल्य मार्गदर्शन मिला। इसी शिविर में एक

प्राध्यापक द्वारा संघ प्रमुख से सवाल किया गया– 'आज हम डॉक्टर और इंजीनियर बनाते जा रहे हैं, लेकिन इसका परिणाम यह हो रहा है कि वे राष्ट्रभाव से दूर होते जा रहे हैं, इसे कैसे रोका जाए?' इस पर भागवत जी ने कहा– 'सबसे पहले अपने बच्चों की इच्छा को जानना चाहिए। अधिकतर परिवारों में बच्चों पर दबाव होता है कि आपको इन क्षेत्रों में ही जाना है, पर बच्चों की रुचि अन्य क्षेत्रों में होती है। जब वे अपनी रुचि के क्षेत्र में नहीं जाते हैं, तो इन क्षेत्रों में आकर उनका एक ही उद्देश्य हो जाता है धन अर्जित करना और इसी के चलते वे धन के लालच में राष्ट्रभाव से दूर होते चले जाते हैं।'

संघ के जानकार कहते हैं कि भागवत काफी सक्रिय संघ प्रमुख हैं। वे अपने पूर्ववर्तियों के विपरीत संघ के नागपुर कार्यालय में ही नहीं रहते। वे देशभर में घूमते हैं। संघ से जुड़े लोगों से मिलने के अलावा सेमिनारों वगैरह में भी खूब जाते हैं। संघ तथा हिन्दुत्व को लेकर सरसंघचालक जीवन के विभिन्न क्षेत्रों की अहम हस्तियों से मुलाकात करके उनकी राय भी जानते हैं।

प्रधानमंत्री नरेंद्र मोदी की तरह संघ प्रमुख मोहन भागवत भी जापान के प्रशंसक हैं। उनका कहना है कि भारतीयों को जापानियों से राष्ट्रप्रेम, अनुशासन, सामूहिक प्रगति जैसी भावनाओं को सीखना चाहिए। परमाणु हमले से जापान पूरी तरह तबाह हो गया था, लेकिन वहां के लोगों ने अपने तीव्र राष्ट्रप्रेम व समर्पण की बदौलत ही जापान को 30 वर्षों में विश्व बाजार का राजा बना दिया। जापान की सफलता पर 'इनक्रेडिबल जैपनिज' पुस्तक लिखी गई है, जिसमें जापानियों के प्रमुख गुणों के बारे में बताया गया है। पुस्तक में बताया गया है कि जापान के लोग काफी अनुशासित, देशभक्त और हर एक गांव का विकास करने वाले होते हैं। देश के लिए वे लोग किसी भी प्रकार का साहस कर सकते हैं और देश हित में निजी तौर पर किसी भी तरह का घाटा सह सकते हैं। भारत को जापान से सीखना चाहिए।

संघ प्रमुख इजराइल की भी तारीफ करते हैं कि इजराइल जैसा छोटा-सा रेगिस्तानी और मुट्ठी-भर आबादी वाला देश, जो भारत के साथ ही अस्तित्व में आया, इसकी आजादी के साथ ही आठ पड़ोसी देशों ने इस पर हमला कर दिया। इस छोटे से देश ने पांच लड़ाइयां लड़ीं, अपनी मातृभूमि का डेढ़ गुना विस्तार किया और पुनः सिर उठाकर खड़ा हो गया। आज इजराइल शक्तिसंपन्न व पूर्ण विकसित राष्ट्र बन गया है। यह देश आज पूरी दुनिया को अन्न व फल की आपूर्ति कर रहा है। हमारे वैज्ञानिक भी इस रेतीली जमीन और जलसंकट वाले देश से तकनीक सीखने जाते हैं। वहां के नागरिकों (यहूदियों) की ओर देखने वालों की आंख भी सलामत नहीं रहती। इजराइल

के विमान का अपहरण होने पर उसने अंतर्राष्ट्रीय बिरादरी के मना करने पर भी अपने सुरक्षा बल भेजे, जिसमें उसके सुरक्षाकर्मी शहीद जरूर हुए, लेकिन सभी नागरिकों को सुरक्षित छुड़ाने में सफलता पाई। छोटा देश होने के बावजूद भी यह उसके जबरदस्त आत्मविश्वास का सुखद नतीजा है।

अब तक कितने लोग 'वर्ल्ड हिन्दू फाउंडेशन' का नाम जानते थे? इसलिए 21-23 नवंबर, 2014 तक दिल्ली के सरकारी फाइव स्टार होटल अशोका में हुए तीन दिवसीय सम्मेलन 'वर्ल्ड हिन्दू कांग्रेस' के बाद लोगों में इसकी जांच-पड़ताल करने की जिज्ञासा उभरी। राजनैतिक प्रेक्षक इस संगठन की जड़ों की खोज में लग गए। मेहमानों की सूची देखकर लोगों की जिज्ञासा को तब विराम लगा, जब उन्होंने देखा कि संघ प्रमुख मोहन भागवत से लेकर विश्व हिन्दू परिषद् के अध्यक्ष जी. राघव रेड्डी और संरक्षक अशोक सिंघल भी इस सूची में शामिल थे। इस कार्यक्रम का उद्देश्य संपूर्ण विश्व को समृद्ध बनाने एवं शांति और सद्भाव कायम करने के लिए भारत को सशक्त बनाने के लिए था। 'संघ 1925 से हिन्दू समाज के संगठन के कार्य में लगा है। हिन्दुत्व में उसका अगाध विश्वास होने से वह दुनिया को बाजार मानने की बजाय एक कुटुम्ब मानते हैं। उनका मानना है कि सभी समस्याओं के समाधान का सूत्र हिन्दुत्व में निहित है। बस जनता को जागरूक करने की आवश्यकता है। जनता को जगाकर ही राष्ट्र का विकास संभव होगा।' इन्हीं बातों को ध्यान में रखते हुए इन पर विचार-मंथन के लिए संघ प्रमुख भागवत जी ने 'वर्ल्ड हिन्दू फाउंडेशन' की नींव रखी।

भागवत इतने सुलझे हुए व्यक्ति हैं कि उनके विचारों की स्पष्टता और उस पर अमल से संघ, उससे जुड़े संगठन तथा भाजपा भी दिग्भ्रम से निकल आई है और उसका आकार इतना बड़ा व मजबूत हो गया है कि पुराने समाजवादियों, कांग्रेसियों एवं कम्युनिस्टों जैसे परंपरागत धर्मनिरपेक्षवादियों को भी अपने बचाव पर उतर आना पड़ता है। इस विनम्र स्वभाव के मृदुभाषी, परंतु गंभीर विषयों पर गंभीरतापूर्वक अपने ओजस्वी व प्रभावशाली भाषणों से स्तब्ध तथा चमत्कृत कर देने वाले को उसके विरोधी आतंकित होकर और उसके समर्थक हर्षोन्मादित होकर उसे संघ के साथ-साथ भाजपा में भी जान फूंकने वाला एकमात्र व्यक्ति बता रहे हैं। भागवत ने यह सब आधुनिक सुविधाओं वाले कमरे में बैठकर नहीं किया है। 40 वर्षों से संघ के साथ जुड़े रहने का उनका अनुभव ही इतना विस्तृत व दूरदर्शी सिद्ध हुआ कि आज वे संघ व उसके सभी संगठनों के एक ऐसे महत्त्वपूर्ण स्तंभ हैं, जिसके कारण ही उसके सभी संगठनों की स्थिति आज सम्माननीय बनी हुई है। आगे उनके सामने यही दर्शाने की चुनौती होगी कि संघ हर मायने

में वर्षों से देश की राजनीति की पहचान बन चुके राजनैतिक, सामाजिक और आध्यात्मिक आलस्य का सही देसी विकल्प है।

सरसंघचालक को जून, 2015 से 'जेड प्लस' श्रेणी की सुरक्षा दी गई है और उनकी सुरक्षा की जिम्मेदारी सीआईएसएफ के कंधों पर है। नागपुर में संघ मुख्यालय में रहने या महाराष्ट्र अथवा देश में किसी अन्य जगह जाने पर केंद्रीय औद्योगिक सुरक्षा बल का सैन्य दस्ता भागवत को सुरक्षा देने के लिए साथ जाता है। सीआईएसएफ के विशेष सुरक्षा समूह को वीवीआईपी की सुरक्षा की जिम्मेदारी सौंपी गई है, क्योंकि इस संबंध में एक खतरे का विश्लेषण करके जरूरी लगा कि भागवत की सुरक्षा एक प्रशिक्षित टीम द्वारा की जाए। इससे पहले सरसंघचालक को महाराष्ट्र पुलिस की इकाइयों तथा इसकी सैन्य रिजर्व इकाइयों द्वारा सुरक्षा प्रदान की जा रही थी; परंतु अब ए.के. श्रृंखला की राइफलों जैसे अत्याधुनिक हथियार, संचार एवं विस्फोटक निरोधक कार्यों के लिए आधुनिकतम साजो-सामान से सुसज्जित सीआईएसएफ की वीवीआई कमांडो इकाई, संघ प्रमुख मोहन भागवत के आवास की सुरक्षा जिम्मेदारी संभालने के साथ उन्हें अपने 60 कमांडो की 24 घंटे की सुरक्षा प्रदान कर रहे हैं। 'जेड प्लस' सुरक्षा के नियमों के तहत मोहन भागवत के काफिले के वाहनों को भी बदला गया है।

एक कहावत है कि इतिहास जब-जब लिखा गया है, तो स्वर्ण अक्षरों में लिखा गया है। इसी तरह का एक इतिहास सूरत (गुजरात) में अगस्त, 2015 में लिखा गया। यह इतिहास, सोने की स्याही से लिखी 'श्रीमद्‌भगवतगीता' को राष्ट्रीय स्वयंसेवक संघ के सरसंघचालक मोहन भागवत को सौंपकर रचा गया। सूरत के जैन मुनि अभयदेव सूरिश्वर ने विशेष रूप से गीता की यह प्रति तैयार कराई। सोने के अक्षरों में गीता लिखने का काम गुजरात के सुरेंद्रनगर जिले में रहने वाले युनुस भाई शेख और उनके परिवार के सदस्यों ने अपने हाथों से किया है। इससे पहले भी युनुस भाई हिन्दू और जैन धर्म की धार्मिक पुस्तकें लिख चुके हैं, मगर सोने की स्याही में गीता उन्होंने पहली बार लिखी है। युनुस भाई के अनुसार, इस पुस्तक को लिखने में उन्हें लगभग दो महीने लगे थे। इसके लिए उन्होंने हस्तनिर्मित रंगीन कागज लिया, ताकि सोने की चमक उभरकर आए। सोने की स्याही 24 कैरेट सोने से बनाई गई और उसमें देसी गुंदर मिलाया गया। युनुस भाई के इस काम में उनके पूरे परिवार ने पूरी धार्मिकता व शुद्धता से श्लोक लिखने में मदद किया है। 346 ग्राम सोने से बनी इस भगवद्‌गीता में 745 श्लोक हैं। इस पुस्तक में भगवान श्रीकृष्ण के अलावा भगवान महावीर के उपदेशों को भी जगह दी गई है। जैन मुनि महाराज ने कहा कि- 'संघ प्रमुख को

इस गीता को सौंपने का उद्देश्य सिर्फ यही था कि पुस्तक संस्कृति और संस्कार देने वाली संस्था के पास जाए। दरअसल, संघ हिन्दू संस्कृति की रक्षा करने वाला संगठन है, इसलिए भागवत को दिया गया।' मोहन भागवत ने इस गीता को नागपुर स्थित संघ मुख्यालय में रखा है। संघ प्रमुख को यह पुस्तक सूरत में आयोजित कार्यक्रम में जैन मुनि अभयदेव सूरिश्वर ने भेंट की। इस अवसर पर युनुस भाई शेख भी मौजूद थे।

मोहन भागवत की सहजता और सरलता का अंदाजा इस बात से भी लगाया जा सकता है कि 9 अक्टूबर, 2015 को अपनी वाराणसी यात्रा के दौरान संघ प्रमुख ने रामनगर की रामलीला को देखने का भी आनंद उठाया। संवाद और प्रकाश सज्जा में अपनी तरह की विश्व की अनूठी रामलीला है रामनगर की रामलीला। वहां उन्होंने करीब चार घंटे तक 'भात मनावन' का मंचन देखा। दो जगहों पर हुई इस लीला को देखने के लिए उन्हें कुछ देर भीड़ के बीच खड़े भी रहना पड़ा। वहां कार्यकर्ताओं के साथ खड़े संघ प्रमुख लीला के भावों में डूबे नजर आए। रामनगर की रामलीला में 'भरत मनावन' के प्रसंग का मंचन हुआ। परंपरागत तरीके से एक तरफ पूर्व काशी रियासत के प्रतिनिधि अनंत नारायण सिंह हाथी पर सवार थे। दूसरी ओर छेदू पहलवान के अखाड़े पर संघ प्रमुख मौजूद थे। भीड़ में कार्यकर्ताओं के साथ खड़े होकर वह लीला का आनंद लेते रहे। यहां की लीला में भरत जी भारद्वाज आश्रम से चित्रकूट के लिए रवाना होते हैं और इसी के साथ लीला विराम लेती है। इसके बाद भागवत पास के ही रामबाग पोखरे के पास स्थित दुर्गा मंदिर तक कार से पहुंचे। वहां उन्होंने मां की आराधना की। फिर वह मंदिर से रामबाग पोखरे पर पहुंचे, जहां चित्रकूट में आगे की लीला का मंचन हुआ। कड़े सुरक्षा इंतजामों के बीच भागवत ने यहां पर आगे की रामलीला कुर्सी पर बैठकर देखी। रात 9.00 बजे मेहताबी रोशनी में आरती संपन्न होने के बाद भागवत चले गए।

आत्मविश्वास का दूसरा नाम मोहन भागवत है। संघ एक वैचारिक आंदोलन है और उसके आधार पर मजबूत संगठन है। मोहन भागवत संगठनात्मक और वैचारिक दोनों स्तर पर एक सक्षम नेता के रूप में वर्षों से जाने जाते रहे हैं। संघ का उद्देश्य शालीनता की सीमाओं के तहत हिन्दुत्व आंदोलन जारी रखने के लिए और वैचारिक संघर्ष को तेज करने के लिए माना जाता है। इन परिस्थितियों में मोहन भागवत आशा का एक मजबूत केंद्र हैं। भारत की वर्तमान पीढ़ी ही नहीं अपितु आने वाली अनेक पीढ़ियां भी उनके महान व्यक्तित्व से हमेशा प्रेरणा ग्रहण करती रहेंगी।

राष्ट्रीय स्वयंसेवक संघ के नाम का व्यापक अर्थ

राष्ट्रीय स्वयंसेवक संघ की स्थापना डॉ. केशव बलिराम हेडगेवार ने नागपुर में की। संघ स्थापना का दिन था वर्ष 1925 में विजयादशमी (दशहरा) का शुभ अवसर। 'राष्ट्रीय स्वयंसेवक संघ' यह नाम गहन विचार के पश्चात् निश्चित किया गया था। इस नाम में प्रत्येक शब्द का अपना एक अलग ही महत्त्व है। इसमें पहला शब्द है राष्ट्रीय, राष्ट्र से राष्ट्रीय बनता है। राष्ट्र यानी लोग, लोग किसी-न-किसी भौगोलिक सीमाओं में रहते हैं। अतः राष्ट्र का देश से संबंध रहता है, जैसे मछली का पानी से। प्रत्येक राष्ट्र का अपना एक इतिहास होता है। राष्ट्र में रहने वाले लोग; जिन्हें अपना यह देश, अपनी मातृभूमि लगती है, जिन्हें देश का इतिहास अपना इतिहास लगता है और जिन्हें अपने इतिहास पर गर्व होता है, वे 'राष्ट्रीय' कहलाते हैं। जिनकी संस्कृति एक रहती है, जो जाति-पाति का, पंथ-संप्रदाय का विचार न करते हुए अच्छे को अच्छा और बुरे को बुरा कहते हैं, उनको 'राष्ट्रीय' कहते हैं। अर्थात् 'राष्ट्रीय शब्द का अर्थ हुआ हिन्दू। अपना संगठन, अपने संस्कार, अपने सब कार्य, अपना त्याग, अपना परिश्रम राष्ट्र के लिए है, यानी हिन्दुओं के लिए है। जो इस देश को अपनी मातृभूमि मानता है और यहां की संस्कृति को अपनी संस्कृति मानता है, वह है हिन्दू। वह मूर्ति पूजा करे या न करे; वह वेद को माने या न माने; वह राम और कृष्ण को अवतार माने या न माने; वह कोई भी भाषा बोले, वह हिन्दू हो सकता है। इसलिए जैन, बौद्ध, सिख, आर्यसमाजी, लिंगायत आदि सब हिन्दू ही हैं। लेकिन 'हमें मूर्ति पूजा मान्य नहीं है, इसलिए हम मूर्ति तोड़ेंगे', 'मंदिर गिराएंगे', 'लोगों का धर्मांतरण करवाएंगे' कहने वाले लोग न तो हिन्दू हैं और न ही राष्ट्रीय। उन्हें राष्ट्रीय बनने के लिए स्वयं में परिवर्तन करना पड़ेगा। 'राष्ट्रीय' शब्द का व्यापक अर्थ यही है।

दूसरा शब्द है 'स्वयंसेवक'। वेतन या धन लेकर काम करने वालों को सेवक कहा जाता है, लेकिन संघ का कार्यकर्ता वह स्वयंसेवक है, जो संघ के यानी समाज के किसी भी कार्य के लिए बदले में कुछ प्राप्त करने की अपेक्षा नहीं रखता। इसलिए संघ में वेतन नहीं है, मानधन भी नहीं है। संघ का कार्य है अपनी मातृभूमि की सेवा का कार्य। स्वयंसेवक यानी देशभक्त नागरिक। संघ कार्य के लिए धन की आवश्यकता होती है, जो स्वयंसेवक दक्षिणा की भावना से यानी त्याग की भावना से अपने राष्ट्र की उन्नति एवं प्रगति के लिए प्रदान करते हैं। दक्षिणा का अर्थ है श्रद्धा से अर्पित किया हुआ धन। उसका मूल्य अंकों में नहीं गिना जाता। संघ में दक्षिणा गुरु को अर्थात् भगवा ध्वज के लिए अर्पित किया जाता है। संघ के अनुसार, भगवा ध्वज उनका गुरु है। वह पवित्रता का चिह्न है, पराक्रम की निशानी है, त्याग का प्रतीक है। हमें उस गुरु के सम्मुख अपनी दक्षिणा अर्पित करनी है। गुरुदक्षिणा देने वाला दाता नहीं कहा जाता। समर्पण करने वाला एक स्वयंसेवक रहता है। इसलिए अधिक दक्षिणा देने वालों का भी कोई बड़प्पन नहीं और कम दक्षिण ा देने वालों की भी अवहेलना नहीं की जाती। संघ में कोई अधिकारी है, तो केवल व्यवस्था के रूप में। मूलरूप से सब स्वयंसेवक ही हैं। इसलिए संघ में अधिकारी की जय-जयकार नहीं है। स्वयंसेवक का यह अर्थ है। विभिन्न गांवों में, प्रांतों में जाकर संघ के कार्यों को बढ़ाने का काम स्वयंसेवक करते हैं। संघ की आवश्यकता धन की हो या कार्यकर्ता की, वह स्वयंसेवकों द्व ारा ही पूर्ण करने के कारण, संघ पर किसी का भी नियंत्रण नहीं है। संघ पूर्णरूपेण स्वायत्त और स्वतंत्र है। संघ का सबसे बड़ा बलस्थान 'स्वयंसेवक' ही है। उसी के भरोसे संघ का विस्तार हुआ है। संघ को नष्ट करने के लिए सरकार ने अनेक बार षड्यंत्र रचे; परंतु जिस तरह अग्नि में से सुवर्ण तपकर निखरकर कुंदन के रूप में निकलता है, वैसे ही संघ उन संकटों में से और अधिक दीप्तिमान होकर कुंदन बनकर बाहर निकला। इसका कारण उसके स्वयंसेवक हैं। 'स्वयंसेवक' शब्द का व्यापक अर्थ यही है।

तीसरा शब्द है 'संघ'। संघ अर्थात् अनेक लोग। अकेले व्यक्ति से कभी संघ नहीं बनता। हिन्दू समाज की महत्ता को बताने के लिए, उन्हें एकजुट बनाए रखने के लिए, संघ का आरंभ हुआ। परंतु संघ अर्थात् केवल एकत्रीकरण नहीं। संस्कारयुक्त लोगों का एकत्रीकरण यानी संघ। संस्कार अर्थात् हिन्दू समाज में व्याप्त बुराइयों, जैसे-श्रेष्ठ जाति व कनिष्ठ जाति का आपसी भेदभाव, छुआछूत की भावना, अमीर-गरीब का अंतर, धर्म-विभेद को भुलाकर शुद्ध और पवित्र मन से सबको एक जैसा समझना और एक साथ रहने की भावना रखना।

डॉ. केशव बलिराम हेडगेवार ने संघ के लोगों को एकजुट रखने के लिए आसान मंत्र दिया, **'एकशः संपत्'** यानी एक पंक्ति में खड़े रहो। हालांकि उस समय के हिन्दू समाज में संघ को खड़ा करना, एक साथ चलने की भावना के साथ, अत्यंत कठिन कार्य था। किन्तु डॉ. हेडगेवार जी ने इस कठिन कार्य को करने का संकल्प लिया और स्वयंसेवकों को 'एकशः संपत्' का मंत्र दिया। यह एक चमत्कार ही था कि सभी स्वयंसेवकों को यह पहला अति महत्त्व का संस्कार संघ-पद्धति ने दिया। संघ ने स्वयंसेवकों को समाजनिष्ठ बनाया। समाजनिष्ठा का व्रत लेने वाले लोगों का एकत्रीकरण यानी संघ। अपने दिन के 24 घंटों में से निजी कार्यक्रमों को इस प्रकार व्यवस्थित करना कि संघ को कम-से-कम एक मुक्त घंटा अवश्य मिले। इससे मैं केवल स्वयं के लिए नहीं, समाज के लिए भी हूं, यह वह संस्कार है। इससे जीवन को एक अलग ही संस्कार मिला। हिन्दू समाज में इसी सामाजिक भावना का अभाव था। संघ ने वह अभाव दूर किया। संघ ने हिन्दू समाज को एकता का, सामाजिक जीवन जीने का तथा समाज के प्रति अपने कर्त्तव्यों को पूरा करते हुए जीवन को चलाने का संस्कार प्रदान किया।

राष्ट्रीय स्वयंसेवक संघ के सदस्य अपनी बातचीत में संघ का ही उपयोग करते हैं, जैसे—'मैं संघ जा रहा हूं', 'आज संघ का कार्यक्रम है', 'यह संघ की पत्रिका है' इत्यादि। इन सबमें 'संघ' का महत्त्व ज्यादा है, अर्थात् अनेकता में एकता की भावना, यह भावना महत्त्व की है। 'संघ' शब्द का व्यापक अर्थ यही है।

'राष्ट्रीय स्वयंसेवक संघ' का यही अर्थ है। इस अर्थ का व्यापक रूप समझने के बाद ही संघ का कार्य भी समझ में आएगा और संघ हिन्दुओं का ही संगठन क्यों करता है, यह भी समझ पाएंगे। चूंकि भारत (हिन्दुस्तान) देश का भाग्य व भविष्य हिन्दुओं से ही जुड़ा हुआ है, इसलिए वह नाम 'हिन्दू' राष्ट्र का रूप है, राष्ट्र का प्राण है। हिन्दुओं की शक्ति यानी राष्ट्र की शक्ति और हिन्दुओं की दुर्बलता यानी राष्ट्र की दुर्बलता। हिन्दू किसी हिस्से में अल्पसंख्यक बना, तो अपनी मातृभूमि का वह हिस्सा अपने से कटने का, हटने का खतरा उत्पन्न करता है। अफगानिस्तान, पाकिस्तान, बांग्लादेश कभी हिन्दुस्तान के ही हिस्से थे, परंतु हिन्दू अल्पसंख्यक होने के कारण वह हिस्से देश से कट गए। आज जम्मू-कश्मीर, नागालैंड और मिजोरम में यही समस्या पुनः सिर उठाकर खड़ी हो गई है, क्योंकि वहां हिन्दू अल्पसंख्यक हो गए हैं। हिन्दू संगठित होने पर राष्ट्र की शक्ति बढ़ती है। वहां दंगा-फसाद नहीं होते, विद्रोह नहीं फैलता, सब ओर शांति रहती

है। जो हिन्दू नहीं हैं, वे भी आराम से शांति से रहते हैं। इस कारण हिन्दुओं का संगठन यह राष्ट्रीय संगठन है। इसमें सांप्रदायिकता नहीं है। कारण, हिन्दू यह संप्रदाय नहीं है। जैसा कि पहले ही स्पष्ट किया जा चुका है कि अनेक संप्रदायों को अपने में समाहित करने वाला हिन्दू है। यह तमाम जाति-बिरादरियों के लोगों को साथ लेकर बना हुआ संगठन है।

इस समय विश्व के 35 देशों में संघ की नियमित शाखाएं हैं। वास्तव में संघ का यह आश्चर्यकारक विस्तार है। राष्ट्रीय स्वयंसेवक संघ मात्र केवल एक विचार नहीं, केवल एक संस्था नहीं; वह जीवन जीने की एक पद्धति है। जैसे– व्यक्तिगत जीवन, वैसे ही सामाजिक जीवन भी और यह जीवन पद्धति अर्थात् संघ की रीति। जिस प्रकार किसी परिवार की रीति बनती है, उसी प्रकार संघ की भी बनी है, परंतु यह किसी विषय विशेष, भाषण या पुस्तक लिखकर नहीं बनी, अपितु जीवन के उदाहरणों से बनी है।

मोहन भागवत की दृष्टि में संघ

राष्ट्रीय स्वयंसेवक संघ के सरसंघचालक मोहन राव भागवत के पिता मधुकर राव भागवत भी स्वयं संघ प्रचारक रहे हैं, इस तथ्य से सभी परिचित हैं। मोहन राव जी के एक छोटे भाई संघ की चंद्रपुर नगर इकाई के प्रमुख हैं। कहा जा सकता है कि भागवत जी के परिवार में राष्ट्रप्रेम की भावना लंबे समय से व्याप्त है। किसी भी अच्छे कार्य के लिए मनुष्य के अंदर प्रेरणा रूपी भाव जगाने में ज्यादा मेहनत नहीं लगती है। लेकिन सत्कार्यों को संकटों से मुक्त कराने के लिए संघर्ष में मर मिटने के लिए एक अलग प्रकार की प्रेरणा की जरूरत होती है। मधुकर राव में इस प्रकार की प्रेरणा जाग्रत करने की एक अनोखी शक्ति थी। उन्होंने अपने सुपुत्र मोहन राव भागवत को प्रचारक के रूप में राष्ट्र-चरणों में समर्पित करके इस आहुति यज्ञ में नव ज्योति प्रदान की। राष्ट्र प्रेम की भावना मन में लिए देश सेवा को समर्पित संपूर्ण भारत में हिन्दुत्व की भावना (हम सब एक हैं) का अलख जगाने में प्रयासरत माननीय भागवत जी संघ के बारे में अपने विचार किन शब्दों में किस तरह प्रकट करते हैं, एक नजर उनके द्वारा संघ के प्रति उद्घाटित दृष्टिकोण के बारे में...

(प्रस्तुत अंश उनके द्वारा दिए गए विविध भाषणों को संपादित करके संग्रहीत किए गए हैं।)

'...आज देश और दुनिया में राष्ट्रीय स्वयंसेवक संघ के स्वयंसेवकों तथा उसकी गतिविधियों को लेकर भले ही लोग अलग-अलग धारणाएं बनाते हों, परंतु सबको यह मानना चाहिए कि पूरे विश्व में सुख-शांति लाने की क्षमता केवल संघ में ही है। 88 वर्ष पुराने संगठन की गतिविधियां देखकर कई लोग इसे संगीतशाला, व्यायामशाला आदि के तौर पर देखते होंगे, लेकिन ऐसी सोच रखने वाले वैसे ही हैं, जैसे अंधों के गांव में हाथी। संघ को समझने के लिए शाखा में आना होगा। इसके दरवाजे सभी के लिए

खुले हैं, इसमें प्रवेश का न तो कोई पंजीकरण है और न कोई शुल्क। हर व्यक्ति के लिए इसके द्वार खुले हैं। वह आए, अनुभव करे और संतुष्ट न होने पर वापस चला जाए। किन्तु मेरा विचार है कि यदि कोई एक बार संघ में आ जाए तो उसे कभी वापस जाने की जरूरत नहीं पड़ेगी।'

'दूर से संघ को समझना कठिन है, क्योंकि यह विश्व की अन्य सभी संस्थाओं और सामाजिक-सांस्कृतिक संगठनों से बिलकुल अलग है। संघ की शाखा पद्धति अनूठी है। इसी से राष्ट्र और समाज पर सर्वस्व न्यौछावर करने वाले कार्यकर्ता तैयार होते हैं। संघ का विचार कोई 1925 में नहीं बना, बल्कि वह तो सनातन विचार है। सभी मत-पंथों, पूजा पद्धतियों और विचारों का सम्मान करना हिन्दुत्व की परंपरा है। बल, लोभ-लालच से किसी के धार्मिक विश्वास को परिवर्तित करना गलत है। इसकी आवश्यकता उन्हें पड़ती है, जो एकाधिकार चाहते हैं और विविधता व सहिष्णुता के विरोधी हैं।'

मोहन राव भागवत मानते हैं कि संघ की शाखा तपस्या स्थली है व संघ का कार्य एक सतत साधना है। संघ शाखा में आकर स्वयंसेवक इसकी मिट्टी में वर्षों-वर्ष खेलते-खेलते अपने अंदर ऐसे गुणों का निर्माण स्वत: कर लेते हैं, जिससे वे समाज के हर क्षेत्र में अग्रिम भूमिका निभाते हैं। शाखा में होने वाली नित्य क्रियाएं समाज के लिए भले ही ज्यादा महत्त्व न रखती हों, परंतु इससे कब एक राष्ट्रभक्त स्वयंसेवक का निर्माण हो जाता है, यह पता ही नहीं चलता। आज शाखा को गांव-गांव तक पहुंचाने की आवश्यकता है ताकि राष्ट्र के समक्ष उत्पन्न होने वाली समस्त समस्याओं का समाधान हो सके।

संघ के विशाल कार्यक्रमों को लोग शक्ति प्रदर्शन का नाम देते हैं, पर जिसके पास शक्ति होती है, उसे उसके प्रदर्शन की आवश्यकता नहीं पड़ती है। संघ के पास अपनी शक्ति है, जिसके द्वारा संघ आगे बढ़ रहा है। ऐसे कार्यक्रमों का उद्देश्य शक्ति प्रदर्शन नहीं आत्मदर्शन होता है। ऐसे कार्यक्रमों का उद्देश्य अनुशासन एवं आत्म संयम होता है। जैसा कि हम जानते हैं कि हम और हमारे देश का भाग्य हमें ही बनाना पड़ेगा, कोई दूसरा हमारा भाग्य नहीं बनाएगा। जब तक स्वार्थों से ऊपर उठकर हम बंधुभाव से समाज नहीं बनाते, तब तक संविधान हमारी रक्षा नहीं कर सकता। संपूर्ण समाज एक करना, गुण संपन्न करना, संगठित समाज देश के भाग्य परिवर्तन की मूलभूत आवश्यकता है। संघ अपने विभिन्न कार्यक्रमों द्वारा राष्ट्रहित में सोचने का भाव जगाने का कार्य करता है। कार्यकर्ताओं

के लिए ऐसे वातावरण का निर्माण करता है कि उसकी राष्ट्र के प्रति समर्पित सोच बने।

संघ का काम कार्यकर्ता का निर्माण करना है, जो देश हित में कार्य कर सकें। अनुशासन, समय पालन व देशहित में कार्य करना स्वयंसेवक की आदत बन चुकी है। संघ समाज को जोड़ने का कार्य करता है। संघ कार्य के बदले स्वयंसेवक को क्या मिलेगा, यह स्वयंसेवक की सोच नहीं है। संघ देशभक्ति के विचार को आगे बढ़ाने के लिए सतत रूप से प्रयासरत है। संगठन के काम को गांव और बस्ती तक पहुंचाने की आवश्यकता है। सरकार और परिस्थिति बदलती रहती है, लेकिन इन सबमें हमें समर्थ भारत के निर्माण के लिए संघ के कार्य को बढ़ाना होगा। संघ के प्रत्येक स्वयंसेवक का उद्देश्य जीवनपर्यंत देश के लिए कार्य करना है। संघ अपनी स्थापना के 89 वर्षों से सतत रूप से राष्ट्र कार्य में लगा है। संघ को समझने के लिए अन्य संगठनों से तुलना करना संभव नहीं है।

दुनिया में एकता की कुछ शर्तें हैं, किन्तु भारत में देश के प्रति मातृभूमि का भाव एकता का सूत्र है। इस भाव को जब-जब हम भूले हैं, विदेशियों ने विजय प्राप्त कर हमें गुलाम बनाया। इसलिए 1000 साल के उस वक्त को भूलकर हमें संघ के कार्य को बढ़ाना चाहिए। हमारा देश विविधता से भरा हुआ है, इसे स्वीकार करो। एकता को पहचानो। सबको साथ लेकर संघ कार्य को बढ़ाएं, क्योंकि संघ का कार्य लोगों को जोड़ना है। लोग जुड़ेंगे तो देश जुड़ेगा। इसके लिए हमें जात-पात, क्षेत्र, धर्म के भेद को छोड़कर संगठन के कार्य को बढ़ाना होगा। संघ के मर्म को समझकर समर्थ भारत का निर्माण करना है।

संघ का काम यंत्रवत नहीं होना चाहिए, वरन् विचार के साथ हो। क्योंकि इससे नुकसान होता है। संघ की शाखाओं का उद्देश्य ऐसे कार्यकर्ताओं का निर्माण करना है, जो देने के भाव से आएं। निस्वार्थ भाव से काम कर सकें, क्योंकि दिशावान कार्यकर्ता ही हर क्षेत्र में संगठन को आगे बढ़ा सकता है। सभी को मिल-जुलकर रहते हुए, सभी के हित का विचार करते रहना चाहिए। अपने अमूल्य जीवन को सेवा और परोपकार के लिए उपयोग में लेना है, इसे ध्यान में रखते हुए सदैव त्याग के लिए तत्पर रहें। यह भारतीय संस्कृति की ही सीख है, यही हिन्दू संस्कृति है, हमारा कार्य हिन्दू समाज को संगठित करना है। हिन्दू समाज संगठित होगा तो भारतवर्ष

अपने आप संपन्न होगा। समाज और देश के लिए कम-से-कम एक घंटा निकालो। जिम्मेदारी पूरा करने के बाद वानप्रस्थी जीवन जियो।

राष्ट्र भक्ति की भावना को आगे बढ़ाना है। राष्ट्र के समक्ष कई संकट हैं, कई कार्य करने वालों की आवश्यकता भी है। कार्य करने के लिए प्रामाणिकता के निःस्वार्थ भाव से उसे पूर्ण करने वाले व्यक्तियों का समाज बनाना संघ का कार्य है। राष्ट्रीय स्वयंसेवक संघ का प्रारंभ इसी विचार से हुआ कि अपनी दुर्बलता के लिए दूसरों को दोष देने से कोई लाभ नहीं है। दुनिया ऐसी ही है, जो दुर्बल है, उस पर सब आक्रमण करते हैं और जो सामर्थ्यवान है, उसका कोई कुछ भी नहीं बिगाड़ सकता।

सदियों से सारे ऋषि-मुनि इसी बात को कहते आए हैं– 'स्वार्थ के लिए मत जियो, परार्थ के लिए जियो।' लेकिन जब प्रसंग आता है, तब आदमी वैसा आचरण करने में असमर्थ क्यों होता है, यह आदत की बात है। जो देश में होना चाहिए, वह पहले अपने से प्रारंभ करो, वह मेरे और परिवार के जीवन में होना चाहिए। इसलिए मैं अपने आपको योग्य बनाऊं। सारे समाज को ऐसी एक तपस्या करनी पड़ेगी। बहुत दिन हो गए तपस्या किए। अपने समाज की इसी भगवती शक्ति की आराधना का उल्लेख योगी अरविंद ने किया था। उस आराधना का यह प्रत्यक्ष कर्म राष्ट्रीय स्वयंसेवक संघ के रूप में देश में चल रहा है। संघ का काम देश तथा अपने राष्ट्र के लिए काम है। यह स्वयं को तैयार करने का काम है। यह काम भाषणों, प्रसिद्धि तथा प्रचार से नहीं होता, स्वयं करना पड़ता है। अपना मित्रभाव बनाकर लोगों से कराना पड़ता है। संघ के कार्य का यह मर्म जनता और लोग समझें, इससे पहले स्वयंसेवकों को समझना चाहिए। लोगों के हित के लिए अपने स्वार्थ की बलि चढ़ाना सीखना। रोज इस प्रकार का अभ्यास करने वाले स्वयंसेवक समाज जीवन के किसी क्षेत्र में जाकर जब अच्छा काम करते हैं, तो अच्छा ही काम करते हैं। इसलिए संघ के स्वयंसेवकों की साख बढ़ती है। साथ-साथ इस प्रकार की सामूहिक भक्ति की रोज आराधना के कारण इस देश की सज्जन शक्ति की धाक भी बढ़ती है। अपने देश की साख और धाक दोनों इतने बढ़ जाएंगे कि दुनिया की संपूर्ण दुष्प्रवृत्तियों का विनाश कर सत्य, अहिंसा और शांति के मार्ग पर चलने वाली हम एक नई ताकत होंगे।

राष्ट्रीय स्वयंसेवक संघ का काम केवल संघ के लिए नहीं है, संघ का काम बड़ा करने के लिए नहीं है। संघ को अब और अधिक बड़ा होने

की आवश्यकता नहीं है। सब मामलों में संघ अत्यंत प्रभावी है। नित्य नये प्रौढ़ संघ को मिलते हैं, पांचवीं पीढ़ी में काम चल रहा है। साख उत्तरोत्तर बढ़ रही है। हमें सारे समाज का स्नेह मिलता है। सारी दुनिया हमें विश्व का सबसे बड़ा स्वयंसेवी तथा सेवा करने वाला संगठन मानती है। हर जगह हमारी कीर्ति है, सब जगह नाम हो रहा है। स्वतंत्रता के बाद इतने वर्षों में सारे प्रयोग करके हमने देख लिए, निरंतर यशस्वी होने वाला एक ही प्रयोग मिलता है और वह राष्ट्रीय स्वयंसेवक संघ का प्रयोग है। उस प्रयोग को समझकर उस प्रयोग को करना पड़ेगा, तब उसके सही परिणाम निकलेंगे। इस दृष्टि से सभी स्वयंसेवक विचार करें कि संघ को समझने और संघ को अपने अंदर लाने की, यह जो जीवन-तपस्या है, उस जीवन-तपस्या में हम कितने रत हैं। हम कितने स्पष्ट और आग्रही हैं। सारे समाज की सामूहिक शक्ति को जाग्रत करने और उस शक्ति की धाक सारी दुनिया के दुर्जनों पर लागू करने के लिए मेरे अपने जीवन का शास्त्र, मेरा आत्मिक, बौद्धिक, शारीरिक और मानसिक बल मैं कितना ठीक कर रहा हूं। संघ का एक-एक स्वयंसेवक अपने में सारी दुनिया को हिलाने की शक्ति संजोए हुए है। केवल स्वयंसेवक ही नहीं, दुनिया का प्रत्येक मनुष्य अपने अंदर इस शक्ति को धारण करता है। इस शक्ति की ओर उन्मुख होकर उसको प्रकट करना पड़ता है, उसकी तपस्या करनी पड़ती है। हम तपस्या की ओर उन्मुख हों और अपने व्यक्तित्व के इन काल्पनिक बंधनों को तोड़कर व्यक्तिगत स्वभाव के अहंकार से ऊपर उठकर विश्व कल्याण के लिए चले हुए इस अभियान को भारतव्यापी, हिन्दू समाजव्यापी बनाएं और दुनिया में एक ऐसी भगवती शक्ति का प्रगटीकरण करें, जो योगी अरविंद की भविष्यवाणी, गांधीजी, शास्त्रीजी के सपनों तथा संघ निर्माता के ध्येय को सफल करेगी, क्योंकि वही ध्येय, वही सपने, वही भविष्यवाणी हमारी-आपकी सबकी है। अतः हमारा कर्त्तव्य है कि उस भविष्यवाणी को सार्थक करने के लिए अंतर्मुख होकर अपने प्रयत्नों की पराकाष्ठा करें।

राष्ट्रीय स्वयंसेवक संघ को 'हिन्दू आतंकवाद' के साथ जोड़ने का और 'हिन्दू आतंकवाद' जैसे शब्द गढ़ने का जो राजनीतिक षड्यंत्र चल रहा है, उससे स्पष्ट है कि अपने सत्ता स्वार्थों के लिए लोग कितना नीचे गिर सकते हैं। हिन्दुत्व विरोधी दुष्प्रचार में जो भी बोला जा रहा है, उस पर समाज का रत्ती-भर भी विश्वास नहीं है, क्योंकि वह संघ और संत जीवन को नित्य देख रहा है। आश्चर्यजनक तो यह है कि ऐसा दुष्प्रचार

तथ्यों या जांच-पड़ताल के आधार पर नहीं है, बल्कि यह राई का पहाड़ बनाने का प्रयास है। वास्तव में तो राई भी नहीं है। यह इसी से स्पष्ट है कि जांच के नाम पर एक के बाद एक भूमिका बदली जा रही है। इसके पीछे संघ, संतों व हिन्दुत्व को बदनाम करने का षड्यंत्र साफ दिखाई देता है। राष्ट्रीय स्वयंसेवक संघ और उस विचार को लेकर समाज में कार्यरत लोगों का हिंसा में बिलकुल विश्वास नहीं है। फिर भी यदि हमारे बारे में अनर्गल बातें बोली जा रही हैं और उस संबंध में बेसिर-पैर के तथ्य गढ़े जा रहे हैं, तो इसका उद्देश्य संघ को परेशान करना ही है।

ऐसे ही कारणों से संघ के सामने 1948, 1975 और 1992 में संकट खड़ा करने का प्रयास किया गया, लेकिन संघ पूरे धैर्य और अदम्य साहस के साथ खड़ा रहा। अब तो संघ कार्य का विस्तार तथा उसके प्रति समाज का विश्वास और भी ज्यादा बढ़ गया है। ऐसे में संघ को परेशान करने की ज्यादा कुव्वत इन लोगों में नहीं है, लेकिन हम सबको संघ शक्ति को और ज्यादा बढ़ाना है। उसे इतना दृढ़ करना है कि अब संघ पर प्रतिबंध लगाने की हिम्मत किसी की न हो। इन परिस्थितियों से परेशान होने की कोई वजह नहीं है, क्योंकि संघ की शक्ति से बेचैन इन तत्वों की यह अंतिम फड़फड़ाहट है। उनके इरादे नेक नहीं हैं, क्योंकि संघ ने पूरे मामले की जांच में पूर्ण सहयोग देने की बात कही है, इसके बावजूद जांच न तो निष्पक्ष की जा रही है और न सद्बुद्धि से। ऐसे दुष्प्रचार और अनर्गल बातों के सामने हम झुकेंगे नहीं और न अपने शाश्वत मार्ग से च्युत होंगे, बल्कि पूरी दृढ़ता से अपने विचार और मार्ग का अनुसरण करेंगे। अकारण किसी स्वयंसेवक को हाथ लगाया जाएगा तो हम चुप नहीं बैठेंगे, क्योंकि हमारा सामना आक्रामक असत्य से है। ऐसी परिस्थिति में हम निर्भय रहकर धैर्य के साथ खड़े रहेंगे।

आज देश में भ्रष्टाचार एक गंभीर मुद्दा बन गया है। केवल आंदोलन से इसका समाधान नहीं होगा। इसके निर्मूलन के लिए समाज जीवन में सिद्ध व ईमानदार लोग खड़े करने पड़ेंगे। संघ 88 वर्षों से यही कार्य कर रहा है। परंतु किसी समस्या को लेकर समाज की अभिव्यक्ति के साथ खड़ा होना भी आवश्यक है। इसलिए हमने भ्रष्टाचार उन्मूलन के लिए प्रस्ताव भी पारित किया है। भ्रष्टाचार और उससे जुड़े बड़े-बड़े घोटालों में लिप्त लोगों का इलाज कड़ा शासन है। हालांकि संघ किसी मुद्दे को लेकर स्वयं किसी आंदोलन जैसा कोई कार्य नहीं करता है, लेकिन स्वयंसेवक समाज का अंग होने के नाते इसमें सहभागी बनें, यह उचित ही है। संघ अंतर्बाह्य

पारदर्शिता वाला संगठन है और वह वैसा ही जीवन दृष्टि अपने स्वयंसेवकों में विकसित करता है। वास्तव में भ्रष्टाचार व्यक्तिगत व राष्ट्रीय चारित्र्य निर्माण से ही दूर होगा, इसलिए स्वयं का जीवन वैसा बने, इसके लिए सबको प्रयत्नशील व तत्पर रहना होगा। यह सब करते हुए भी हमारा विचार सकारात्मक होना चाहिए, क्योंकि संपूर्ण समाज में अनेक अच्छाइयां भी हैं। इसलिए हम ऐसा सोचने वाले लोग हैं कि दुष्टों की दुष्टता तो समाप्त की जाए, पर दुष्टों को नहीं। हर विषय में जो समाज व राष्ट्र के लिए हितकारक है, उसी का अनुसरण करना चाहिए। ऐसी श्रद्धा और विश्वास लेकर हम चलते हैं, इसलिए हमारा कार्य ईश्वरीय कार्य है। यह कभी भ्रष्ट या पराभूत नहीं हो सकता। 88 वर्षों की संघ साधना का यह आत्मविश्वास है। यह हमारे अंतःकरण में जगे और हम इसके अनुसार अपने कार्य को खड़ा करें। तदनुसार अपने जीवन में परिवर्तन लाएं, इसकी आवश्यकता है। हमारा कार्य, विचार और दिशा जितनी सत्य व शाश्वत रहेगी, वह उतना ही व्यापक और प्रखर बनेगा। कोई भी कार्य या दिशा और विचार संकुचित होने पर शीघ्र ही क्षीण हो जाता है। हमारे जीवन का प्राण संघ है। उसी से हम सब बंधे हैं। संघ का हमारा संबंध जैविक संबंध है। इसलिए हम सब एक-दूसरे की आत्मीय चेतना बनें और उस चेतना को निरंतर जाग्रत व दृढ़ बनाए रखें। एक उदात्त विचार को लेकर चलने वाले लोग जब अनुशासन में मिलकर चलते हैं, तो सब ठीक रहता है और तभी महान उद्देश्यों की प्राप्ति होती है। यह उस आत्मीय चेतना से ही संभव है। गत् 2000 वर्षों में समाज जीवन में अनेक प्रयोग हुए, लेकिन सभी विफल साबित हुए। परंतु हमारा प्रयोग निरंतर सफल हो रहा है, क्योंकि हम सत्य और शाश्वत आधार पर खड़े हैं। अपने शाश्वत आधार पर खड़े रहकर प्रयोग करते हुए अपने कार्य को गतिमानता के साथ आगे बढ़ाने की दृष्टि से आज अपने लिए अभूतपूर्व अनुकूलता है। चतुर्दिक अंधकार में भी हमारे पास प्रकाश पुंज के रूप में संघ का कार्य है। इसके प्रकाश में संपूर्ण विश्व को लेकर चलना है। हमारे ऐसे ही सद्प्रयासों की राह नियति देख रही है।

आम लोगों के बीच संघ को लेकर कई भ्रांतियां हैं, लेकिन 'संघ' को तुलनात्मक दृष्टिकोण से नहीं समझा जा सकता है। इसे समझने के लिए संघ की शाखा में जाना पड़ता है। संघ समाज का स्नेहमयी अभिनंदन भी पा रहा है। यह भी सत्य है कि देश में संघ विरोधी तत्व भी मन से संघ के हितैषी हैं, ऐसा अनुभव किया जाता रहा है। वर्तमान समय

में संपूर्ण विश्व इस उम्मीद में नयन बिछाए बैठा है कि आगामी 2020 तक भारत महाशक्ति बनकर विश्व का मार्गदर्शन करेगा। हिन्दुत्व आज की वैश्विक आवश्यकता है। संघ स्वयं का नहीं, वरन् हिन्दू संस्कारों का प्रभाव बढ़ाना चाहता है। देश के नागरिकों को चाहिए कि वे राष्ट्र निर्माण के अभियान में संघ से जुड़ें तथा सक्रिय बनें, क्योंकि संघ का कार्य किसी के विरोध या प्रतिक्रिया में नहीं होता। संघ अपना-पराया नहीं करता और न ही इसका कोई शत्रु है। अतएव, देश के उत्थान में संघ के साथ अपनी सहभागिता प्रदान करें। देश के सामान्य व्यक्ति के मन में देशात्मबोध की चेतना जगाकर जब तक उसके सद्गुणों का स्तर ऊंचा नहीं उठाया जाता, तब तक भारत में कोई भी कार्य यशस्वी नहीं हो सकता। ऐसे चेतन व्यक्ति समाज का निर्माण करते हैं। समाज निर्माण से देश का उत्थान होता है और जाग्रत समाज ही परिवर्तन का सूत्रधार बनता है।

शाब्दिक अर्थ में अगर उपलब्धियों की चर्चा करें, तो संघ अन्य संगठनों जैसा कोई साधारण संगठन नहीं है। इसका कार्य और कार्यक्षेत्र अपरिमित है। इसलिए उपलब्धियों की जहां तक बात है, तो संघ के संदर्भ में इसके कार्य को जानना होगा। डॉ. हेडगेवार कहा करते थे कि संपूर्ण हिन्दू समाज का संगठन ही संघ कार्य है। उस समय हिन्दू समाज टुकड़ों में बंटा हुआ था। संगठन के नाम पर कुछ स्वयंसेवकों से आरंभ हुए संघ को देखकर अनेक लोग टिप्पणी भी करते थे कि इस तरह शाखा में खेलकूद कर क्या संगठन संभव है? लेकिन आज जिस पद्धति से संघ कार्य बढ़ा है, वह संतोष की बात है और उसे शाब्दिक अर्थ में उपलब्धि कहा जा सकता है।

संघ का कार्य है व्यक्ति निर्माण से समाज निर्माण और देश का उत्थान। संघ के स्वयंसेवक समाज के अभाव की चिंता करते हैं, उसे दूर करने के लिए जुटते हैं। ऐसा करने के लिए किसी योजना की जरूरत नहीं होती। आज अनेक प्रकार के संगठनों में संघ कार्यकर्ता जुटे हुए हैं। अनेक अन्यान्य संगठनों और संस्थाओं में संघ के संस्कारित स्वयंसेवक उदाहरणीय कार्य कर रहे हैं। उनके माध्यम से संघ का कार्य फैला है, इसकी साख बढ़ी है। लेकिन सही अर्थों में देखें, तो यह भी संघ की नहीं, स्वयंसेवकों की उपलब्धि है। जिन संगठनों को संघ परिवार के नाम से संबोधित किया जाता है, वह ठीक नहीं है, क्योंकि इनमें से एक भी संगठन संघ द्वारा शुरू नहीं किया गया है, बल्कि संघ के संस्कारित स्वयंसेवकों ने अलग-अलग क्षेत्रों में

लोगों के अभाव की चिंता करके उस क्षेत्र में एक नया कार्य खड़ा किया।

पिछले 88 साल में संघ ने जो किया, वह समाज की दृष्टि से बड़ा काम है, लेकिन काम अभी अधूरा है, बहुत काम करना अभी बाकी है। उदाहरण के लिए, अभी केवल 30-40 हजार गांवों तक संपर्क है, औरों में अभी जाना है। पर इसके बावजूद स्वयंसेवकों के कारण बहुत काम हुआ है। एक प्रेरक वातावरण का निर्माण हुआ है। ऐसी स्थिति निर्मित हुई है कि जीवन के सब अंगों में संघ के तत्व ज्ञान की भाषा बोली जाती है। संघ के पूरे सूत्र को समझना हो तो एक ही वाक्य पर्याप्त है– हिन्दुस्थान हिन्दू राष्ट्र है।

हमारा स्वयंसेवक संस्कारों पर अडिग रहे और जहां वह काम करता है, उस क्षेत्र में व्यवस्था लाए, यह स्थिति अभी प्राप्त करनी है। संघ का तात्पर्य ही एक ऐसी संस्कारशाला से है, जहां सुसंस्कृत, संस्कारवान और इंसानियत से लबरेज नागरिकों को गढ़ा जाता है। भारत मां, हम सभी की मां है। भारतीय संस्कृति ही हिन्दू संस्कृति है। सनातन संस्कृति की रक्षा उसके संवर्धन का कार्य करना राष्ट्रीय स्वयंसेवक संघ का मूल उद्देश्य है। सभी मिलजुलकर विविधता में एकता के आधार पर काम करें। भारत की अखंडता का मतलब ही हम सभी का एक होना है। संघ ने वर्षों से पीढ़ी-दर-पीढ़ी लोगों के बीच सेवा भाव के विस्तार के लिए काम किया है। विदेशों में भी लोगों को सेवा कार्य से जोड़ा जा रहा है। किसी की सेवा उसे समर्थ बनाने के लिए करनी चाहिए, न कि उस पर निर्भर होकर अपना हित साधने के लिए। 'राष्ट्रीय सेवा भारती' ने पिछले 25 वर्षों में काफी बड़ा आकार ग्रहण किया है, लेकिन अति विशाल राष्ट्र के समक्ष यह ऊंट के मुंह में जीरे के समान है। राष्ट्र का प्रत्येक व्यक्ति समर्थ हो, इसके लिए हमें और अधिक व्यवस्थित ढंग से काम करना होगा।

दुनिया को एक शक्ल देने के लिए पिछले 2000 वर्षों में जो विफल प्रयोग हुए, उससे दुनिया का मोहभंग हो चुका है। वहीं, हमारे देश ने नया प्रतीक, नई शांति और बंधुत्व के समाज की अवधारणा पेश की है, जहां सबको साथ लेकर चला जाता है। भारत इन्हीं सबसे मिलकर बना है और ऐसा ही समाज हमें बनाना है। संघ अपने कार्यों का विस्तार कर इन्हें और अधिक व्यवस्थित करेगा।

संघ बढ़ रहा है, हमारे लिए विजय का समय आ गया है। गुरुजी कहा करते थे– 'आगे विजय-ही-विजय है।' आज संघ के लिए उपेक्षा और विरोध का समय समाप्त हो गया है। अब अनुकूलता के वातावरण में कृतित्व को जगाने की आवश्यकता है। उसके परिणामस्वरूप हमारे लिए

आने वाला समय विजय का है। विजय सत्य की होती है, इसलिए सत्य के अनुरूप बनना ही पड़ता है। हमारा कार्य ईश्वरीय कार्य है। दत्तोपंत जी कहा करते थे कि इसका मतलब यह नहीं कि भगवान ने ठेका लिया है आपको विजय दिलाने का। आप उसके कार्य के अनुरूप बने रहो, तो ईश्वर आपके साथ खड़ा होता है। लक्ष्य के प्रति दृढ़ संकल्प और नियमपूर्वक उस व्रत का पालन करना, इसके द्वारा सद्गुणों का विकास व दुर्गुणों का परिहार करने पर भगवान आता है और विजय दिलाता है। इस प्रक्रिया को करने पर भगवान को आपसे मिलना ही पड़ेगा और यदि इस प्रक्रिया को नहीं अपनाओगे, तो लाख सिर पटको, वह नहीं मिलेगा। हम नित्य शाखा जाकर वैसा कर रहे हैं। इस साधना प्रक्रिया को हमें निरंतर दृढ़ करना है।

गुरुजी ने यह भी कहा– 'हमारे स्वयंसेवक विविध क्षेत्रों में जाएंगे, अपने कार्य खड़े करेंगे, यह प्रक्रिया चलती रहेगी।' इन्हें संभालने लायक शाखाओं का जाल चाहिए, क्योंकि जब इतने सारे क्षेत्रों में हमारे स्वयंसेवक कार्य करेंगे, तो हमें उनका पूरक बनकर चलना पड़ेगा। इसके लिए क्या आवश्यक है? रज्जू भैया कहते थे कि– 'एक ने कही दूसरे ने मानी, नानक कहे दोनों ज्ञानी', यह सोचकर चलना ही समझदारी है। मत-मतांतर रहते हैं, अलग-अलग विचार रहते हैं और विचारधाराएं एक होने पर भी मुद्दों पर अलग-अलग मत होते हैं। कुछ बातों को लेकर अगर मतभेद भी हों, तो मनभेद नहीं होना चाहिए। ऐसे समन्वय के लिए हमें मिलकर चलना है और मिलकर काम करना है। इसकी सीख हमें शाखा में मिलती है। संघ तो स्वयंसेवक का विशिष्ट आचरण है। टकराव से बचने के लिए जो स्वभाव चाहिए, उसका निर्माण शाखा में होता है। स्वयंसेवक के जीवन के आचरण से उत्पन्न होने वाला वातावरण है संघ। इस वातावरण की निर्मिति से उत्पन्न अनुकूलता के कारण आज संपूर्ण सज्जन शक्ति एक होकर संघ के साथ आने का स्वप्न देख रही है। उस सज्जन शक्ति के नेतृत्व में चलने के लिए समाज भी उत्सुक है।

लोग संघ की प्रगति को देखकर चालें चलेंगे, बाधाएं उत्पन्न करेंगे, लेकिन ये बाधाएं हमारी विजयशालिनी शक्ति के द्वारा दूर होने वाली हैं। इस सबके चलते हमें एक समूह के नाते अपनी विविधताओं और विशेषताओं को सुरक्षित रखते हुए कार्य करना है। जहां भक्ति होती है, वहां विभेद व विघटन नहीं होता। अपना कार्य भारत माता के प्रति भक्ति के आधार पर खड़ा होने वाला कार्य है और उसका मूल है हमारी शाखा साधना। इसी से

अपने शील का निर्माण होता है। यह शील न रहा तो शक्ति दिशाहीन होकर राक्षसी बन जाती है। इसलिए इस शील का संरक्षण करना बहुत आवश्यक है। इस शीलवान संगठित शक्ति का चित्र संघ के बाहर अन्यत्र कहीं नहीं दिखता। यह संघ के द्वारा प्रदत्त हमारा ही संस्कार है। परस्पर आत्मीयता व साथ चलने की उत्कट इच्छा से ही संगठन चलता है। हमें आगे बढ़ना है। जो सपना हम देख रहे हैं, वह मात्र सपना नहीं, वह साकार हो सकता है।

इसके लिए अपने जीवन के आचरण से यह लोगों को दिखाना भी है। वास्तव में संघ तो जीवनाभिव्यक्ति है और हमारे कुटुम्ब में भी यह उदाहरण जैसी दिखनी चाहिए। हमारे परिवार के जीवन में हिन्दू राष्ट्र की अभिव्यक्ति दिखेगी तो समाज पर उसका व्यापक प्रभाव बनेगा। संघ बोलने की जरूरत नहीं है, हम तो संघ को जीते हैं और लोग देखते हैं। हमें दुष्प्रचार की परवाह नहीं करनी है। इस सबसे विरत रहकर शाखा की साधना को तीव्र और प्रखर करें, यही आवश्यक है। इसके बिना वातावरण नहीं बनता। हम निरंतर यह कर रहे हैं। आज वातावरण भी हमारे अनुकूल बन रहा है। हम अपनी संपूर्ण शक्ति लगाकर शाखा साधना को और व्यापक बनाएं, अधिकाधिक लोगों को इसमें सहभागी बनाएं, इसकी महती आवश्यकता है। इसके आधार पर नई दुनिया गढ़ने वाला विश्वगुरु भारत अपने शाश्वत मूल्यों के आधार पर काल सुसंगत नया रूप लेकर खड़ा होता हुआ दिखाई दे, यह देखने के लिए हम निरंतर प्रयास करते रहें और कार्य में जुटे रहें, यही हमारी विजय का मंत्र है और यही समय का आह्वान।'

राष्ट्रीय स्वयंसेवक संघ के विविध शाखा संगठन

राष्ट्रीय स्वयंसेवक संघ निम्नलिखित संगठनों के जरिए उनके कार्य क्षेत्र में सक्रिय है–

	संगठन	कार्य क्षेत्र
1.	अधिवक्ता परिषद्	अधिवक्ता, न्याय क्षेत्र
2.	आरोग्य भारती	स्वास्थ्य
3.	कुष्ठ रोग निवारण समिति	कुष्ठ रोगी
4.	गौ संवर्धन	गौ रक्षण तथा संवर्धन
5.	दीनदयाल शोध संस्थान	सर्वांगीण ग्राम विकास
6.	ग्राम विकास	समग्र ग्राम विकास
7.	ग्राहक पंचायत	ग्राहक
8.	कुटुंब प्रबोधन	पारिवारिक संस्कार एवं समन्वय
9.	राष्ट्रीय चिकित्सा परिषद्	चिकित्सक
10.	पूर्व सैनिक सेवा परिषद्	पूर्व सैनिक
11.	भारत विकास परिषद्	सेवा
12.	भारतीय किसान परिषद्	किसान, कृषि
13.	भारतीय मजदूर संघ	मजदूर
14.	लघु उद्योग भारती	लघु उद्योग
15.	सहकार भारती	सहकारी क्षेत्र
16.	विद्या भारती	शिक्षा
17.	विज्ञान भारती	विज्ञान, वैज्ञानिक
18.	सेवा भारती	सेवा

19.	संस्कार भारती	कला, कलाकार
20.	संस्कृत भारती	संस्कृत प्रसार
21.	क्रीड़ा भारती	खेल जगत्
22.	प्रज्ञा प्रवाह	बौद्धिक
23.	बाल गोकुलम	बालक-बालिका विकास
24.	राष्ट्र सेविका समिति	महिला उत्थान
25.	राष्ट्रीय शैक्षिक महासंघ	शिक्षक
26.	भारतीय शिक्षण मंडल	शिक्षाविद्
27.	भारतीय इतिहास संकलन योजना	इतिहास
28.	सामाजिक समरसता	सामाजिक समन्वय
29.	वनवासी कल्याण आश्रम	जनजाति विकास
30.	सीमा जनकल्याण समिति	सीमावर्ती जन विकास
31.	दीनदयाल शोध संस्थान	सर्वांगीण ग्राम विकास
32.	स्वदेशी जागरण मंच	विकास, आर्थिक
33.	विश्व हिन्दू परिषद्	धार्मिक
34.	अखिल भारतीय विद्यार्थी परिषद्	छात्र
35.	राष्ट्रीय सिख संगत	धार्मिक समन्वय
36.	भारतीय जनता पार्टी	राजनैतिक

मोहन भागवत की दृष्टि में 'गीता'

मोहन भागवत की दृष्टि में भगवद्गीता का क्या महत्त्व है, आइए जानें, उनके ही शब्दों में...

'श्रीमद्भगवद्गीता वैश्विक ग्रंथ है, सबके लिए है। भगवद्गीता भगवान ने कही, तब हिन्दू शब्द नहीं था। उस समय दुनिया में यह भेद नहीं थे, जिन भेदों की संकरी गलियों में घुसकर हम अपने साथ-साथ सारी दुनिया का भी नुकसान करते रहते हैं। भगवद्गीता के 5,151 वर्ष पूरे हो चुके हैं। इतनी सुदीर्घ परंपरा में समय के अनेक फेरों में श्रीमद्भगवद्गीता को लेकर अनेक टीकाएं और अनेक भाष्य बने तथा आगे भी बनते रहेंगे। जब-जब कभी किसी समाज को संकट से उबारने की, समाज के पुरुषार्थ को जगाने की आवश्यकता पड़ी; तब-तब गीता पर भाष्य लिखा गया। भारत की इस आध्यात्मिक विरासत को जानने का यत्न करने वाले प्रत्येक व्यक्ति को जिस प्रस्थानत्रयी का अध्ययन आवश्यक होता है, उसका एक अविभाष्य अंग श्रीमद्भगवद्गीता है।

आज भी अपने देश में सर्वत्र ऐसे लोग हैं, जिनको गीता के 18 अध्याय कंठस्थ हैं। जिस गीता के 5,151 वर्ष बीत जाने के बाद भी हम उसका स्मरण कर रहे हैं, वह केवल पुस्तकों में नहीं रही है। गीता के अनुसार जीवन जीने की अथक अविश्रांत परंपरा सदियों से हमारे देश में निरंतर चली आ रही है और आज भी विद्यमान है। उसको समाजव्यापी होने की आवश्यकता है, इसलिए यह उत्सव है। गीता जीवन जीने की गीता है। गीता का उपदेश इस तथ्य पर आधारित है कि सत्य गूढ़ है। वह साधना के बाद अनुभूति करके ही समझा जा सकता है।

महाभारत युद्ध के लिए कौरव, पांडव के साथ-साथ अनेक बंधु-बांधव भी एकत्रित हुए थे। 100 कौरव और 5 पांडवों को छोड़ दिया जाए तो बाकी सब लोग आपसी रंजिश उतारने के लिए नहीं आए थे। एक निर्णय

करना था कि क्या होना चाहिए, क्योंकि अन्य निर्णय के बाकी सब रास्ते बंद हो चुके थे। एक ही रास्ता रह गया था, इसलिए लड़ने आए थे। उनका इस प्रश्न से कोई संबंध नहीं था कि कौरवों को राज्य मिले या पांडवों को, लेकिन मूल्य दांव पर लगे हुए थे। ऐसे प्रसंग के प्रकाश में मोहग्रस्त अर्जुन को मोह से निकालने के लिए इसका उपदेश हुआ।

अर्जुन की स्थिति देखिए, उसके सामने परिस्थिति ऐसी है कि एक तरफ उसको यह मान्यता सता रही है कि हिंसा गलत है। हालांकि यह सत्य है, उसमें अर्जुन की कोई गलती नहीं है। हिंसा गलत ही है। अहिंसा ही सत्य है। लेकिन वह अपने गुरु और रिश्तेदारों के साथ राज्य को लेकर हिंसा करने जा रहा है। आखिर, यह राज्य कौन साथ ले जाता है? जीवन का यह वैभव साथ जाता है क्या? साथ तो कुछ भी नहीं जाता। साथ रहने वाले सत्य की अवमानना करते हुए; जो साथ नहीं रहने वाला, उसके लिए मैं लड़ रहा हूं; क्या यह सही है?... यह प्रश्न उसके सामने था। समाज में ज्ञान, कुलत्व और वैभव के बारे में एक व्यक्ति का जितना उत्कर्ष हो सकता है, उतना उत्कर्ष अर्जुन का हुआ है। हर व्यक्ति के जीवन में अर्जुन जैसी स्थिति पैदा होने का प्रसंग कभी-न-कभी आता ही है। भगवान कृष्ण ने स्वयं भगवद्गीता में कहा है कि कभी-कभी धर्म, अधर्म का स्वरूप लेकर आता है और कभी-कभी अधर्म, धर्म का रूप लेकर आता है। उस समय अर्जुन के सामने लड़ना धर्म था, लेकिन वह अधर्म का स्वरूप देख रहा था कि हिंसा होने वाली है, समाज की व्यवस्थाओं का उच्छेदन होने वाला है, जिस भौतिक सुख-संपदा को हम नश्वर मानते हैं, उसी को प्राप्त करने के लिए हम अपने रिश्तेदारों-मित्रों से युद्ध करने वाले हैं, उन्हें मारने वाले हैं। इससे स्पष्ट है कि अर्जुन के सामने उस समय अधर्म का रूप लेकर धर्म आया था। हम सबको अपने जीवन में इस प्रसंग का व्यक्तिशः और प्रत्येक समाज को समूहतः सामना करना ही पड़ता है, क्योंकि परिस्थितियां हमेशा समान नहीं रहतीं। परिस्थिति की अनुकूलता का, प्रतिकूलता का खेल चलता रहता है। अनुकूल परिस्थिति में हर्षित होना और प्रतिकूल परिस्थिति में निराश होकर बैठ जाना उचित नहीं। इस खेल से दूर रहकर हर परिस्थिति में समान रहना, यही भगवान ने बताया है।

भगवान ने हम सबको यह कहा है कि परिस्थिति चाहे जैसी हो; व्यक्तिगत, सामाजिक या विश्व का; उससे मत भागो, उसका सामना करो। जीवन में भागने के बजाय डटकर अपना काम करो। अपने काम

को पहचानने की भी आवश्यकता है। अपना कर्त्तव्य निभाना ही श्रेष्ठ है। भागने के लिए इधर-उधर का उदाहरण या किसी महापुरुष का दृष्टांत छुटकारा नहीं दिलाएगा। यह द्वंद्व उपस्थित हुआ है, तो तुम यदि क्षत्रिय हो तो क्षत्रिय जैसे खड़े हो जाओ।

योग क्या है? गीता के दो प्रसिद्ध वाक्य आपको मालूम है, उसमें दो का आचरण भी हमने किया तो दुनिया का जीवन बदल जाएगा। भगवान श्रीकृष्ण ने जो पहली बात कही, वह थी **'योगः कर्मसु कौशलम्'** यानी जो भी काम तुम्हारा है, उसको सत्यम्, शिवम्, सुंदरतम् अर्थात् उत्तम तरीके से करना। किसी भी कार्य को व्यवस्थित किया जाता है, समय पर किया जाता है, सुंदर रीति से किया जाता है। सबको अच्छा लगे, ऐसे किया जाता है और उसका पूरा परिणाम मिले, इतना किया जाता है, वह योग है।

दूसरी बात जो कही गई, वह थी **'समत्वं योग उच्यते'** यानी सम रहो, संतुलित रहो, किसी एक ओर मत झुको। क्योंकि सब तुम्हारे हैं और कोई तुम्हारा नहीं है, वह आत्मा है, सर्वव्यापी है, सब समान है और सबमें आप हैं। जात-पात, पंथ-संप्रदाय, भाषा-प्रांत यह सब छोड़ो। एक ही अनेक बना है। उस एकता के प्रकाश में सबको अपनत्व दो। यह जानकर रहो कि यह सब यहीं रहने वाले हैं। तुम स्वतंत्र हो, अलग हो, स्वायत्त हो, तुम चले जाने वाले हो, इसलिए मोह में मत पड़ो। **'अनभिः स्नेह'** ऐसा शब्द है गीता में, यह विशेष स्नेह मत करो, यह मोह होता है, पक्षपात होता है। स्नेह करो, अधिक स्नेह मत करो। अनभिस्नेही बनो।

सबको समान देखते हुए, आत्म सर्वभूतेषु मानते हुए, कर्म और कर्त्तव्य करो। तुम्हारा कर्त्तव्य और कर्म लोक-संग्रह के लिए होना चाहिए। शरीर, मन और बुद्धि के पीछे भागने वाला, जीवन के सुखों में लोभ-लालच यह अज्ञान है। सावधान रहकर और यह जानकर कि तुम लालची नहीं हो; तुम यह सब प्राप्त कर्त्तव्य के नाते कर रहे हो; तुम आत्मा से, मन से इससे अलिप्त रहो।

तीसरी बात प्रसिद्ध है कि जो करते हो उसके परिणाम की मत सोचो। सबके साथ समदृष्टि रखकर अपना कर्त्तव्य तुम कुशलतापूर्वक करते हो, उसका परिणाम या अपेक्षित परिणाम क्या होता है, यह बिलकुल मत सोचो, क्योंकि यह किसी के हाथ में नहीं। फ्लाइट जाने के लिए तैयार हो गई और अचानक कोहरा छा गया एक-दो घंटे के लिए, जिससे विलंब हो गया गंतव्य तक पहुंचने में। अब इसमें दोष किसका? सबने अपना काम

ठीक किया, लेकिन कोहरा आ गया। यह कौन तय कर सकता है? यह प्रकृति का नियम है। दुनिया में यह होता रहता है, ये सब बातें तुम्हारे हाथ में नहीं रहतीं। तुम क्यों फल की आशा करते हो? कार्य अपने हाथ में है, फल प्रभु के हाथ में। इसलिए गीता का संदेश है कि इन सब बातों को मन में स्थिर रखने के लिए, एकांत में साधना करो। सत्य की साधना करो। जीवन में फल की अपेक्षा किए बिना परोपकार और सेवा की भावना से निष्काम पुरुषार्थ करो। यह परिस्थिति के उतार-चढ़ाव में कभी विषम नहीं होता, संतुलन डिगता नहीं। मोह, आकर्षणों और विकृतियों में वह भटकता नहीं, ऐसे धीर पुरुष बनो। लौकिक जीवन में यश मिले या न मिले, सारी दुनिया को सही रास्ते पर चलने के लिए प्रकाश देने वाले दीप-स्तंभ की भांति उसका जीवन रहे। उसके लौकिक जीवन को जन्म-जन्मांतर लोग याद करते रहें।

हमारे देश की स्वतंत्रता के लिए 1857 से भी पहले 1833 में प्रयास शुरू हुआ था, लेकिन सफलता 1947 में मिली। इतने लंबे समय में भगत सिंह को क्या कहेंगे, क्या उनको यश मिला? उनके लौकिक जीवन के यश की स्केल पट्टी पर लोग कहेंगे कि भगत सिंह ने बलिदान तो किया, पर यशस्वी नहीं हुए। लेकिन भगत सिंह के लिए यश और अपयश क्या है और हमारे लिए भगत सिंह का यश और अपयश क्या है? उनका जीवन हमारे लिए सब जीवनों को मार्गदर्शन करने वाला एक दीप-स्तंभ है। हमारे इन सब क्रांतिकारियों में अनेक के हाथ में फांसी के फंदे पर झूलते समय गीता थी। प्राप्त परिस्थिति का वीरता के साथ सामना करते हुए, अपने जीवन को सार्थक बनाते हुए, समाज में उस सार्थकता की परंपरा बनाने वाला प्रकाश देने का जीवन हमें भगवद्गीता से मिलता है।

संतुलन खो चुकी दुनिया फिर से संतुलन चाहती है। संतुलन सत्य के प्रकाश में मिलता है और सत्य गीता में है। उस सत्य का आचरण करने की रीति गीता में बताई गई है। बताने वाला स्वयं योगेश्वर कृष्ण हैं और जिसके लिए बताया गया है, वह धनुर्धर पार्थ है। इसलिए कहा गया है, उस धनुर्धर पार्थ के कृतनिश्चय से अगर हम इस गीता को ग्रहण करें तो वह व्यक्ति या समाज प्रत्यक्ष श्री परमेश्वर के सदैश्वर जीवन का अनुभव लेने का अधिकारी बन जाता है। 5,151 वर्ष पहले रणांगन में जो गीता बताई गई, उस गीता का आचरण करने की परंपरा हमारे देश के ऋषि-मुनियों, मनीषियों, महापुरुषों ने, सबने सब प्रकार के परिश्रम करके, कष्ट सहन

करके डाली है। दुनिया को इस गीता को समय-समय पर जीवंत दिखाने का कार्य हम भारतवासियों का है। भारतवासियों को उस कर्त्तव्य की याद दिलाना और उस पथ पर आगे बढ़ाना, ऐसा वातावरण उत्पन्न करने के लिए गीता के उन निष्काम पुरुषार्थ के उपदेशों को पुनः प्रारंभ करते हुए हम सब सत्ता और सत्ता से आगे चलने वाले सारे कार्यों में अपना पूरा योगदान करें, यह मेरा आह्वान है, क्योंकि गीता से बन सकती है सबको अपना मानने की प्रकृति।'

भागवत के लिए हिन्दुत्व का अर्थ

राष्ट्रीय स्वयंसेवक संघ के सरसंघचालक डॉ. मोहन राव भागवत हिन्दुत्व के प्रति काफी व्यापक दृष्टिकोण और विचारधारा रखते हैं, लेकिन वे प्रत्येक धर्म का सम्मान भी करते हैं। भले ही वे हिन्दू और हिन्दुत्व पर लंबे-लंबे विस्तृत बयान देते रहे हों, लेकिन उनका यह भी कहना है कि विविधता का जश्न मनाया जाना चाहिए और किसी पर भी उसके अलग तरीके के पहनावे या पूजा करने की अलग पद्धति या अलग परंपरा के चलते अत्याचार नहीं होना चाहिए तथा उससे भेदभाव नहीं होना चाहिए।

हिन्दू और हिन्दुत्व के बारे में सरसंघचालक के विचारों पर एक नजर डालते हैं...

'श्री गुरुजी कहा करते थे कि विचारधारा पर अडिग रहें। हिन्दुस्थान हिन्दू राष्ट्र है। यह सत्य है। कई बार विरोध करने के बाद भी लोग इस सत्य को अंततः मानेंगे, क्योंकि वह सत्य है। हिन्दू शब्द का प्रयोग करने पर कुछ लोगों को असुविधा हो सकती है, लेकिन यह सत्य है कि हिन्दुस्थान हिन्दू राष्ट्र है। यह हमारी पक्की मान्यता है, हम इसे नहीं बदलेंगे। हम तुमको हिन्दू मानते हैं, इसको भी हम नहीं बदलेंगे। तुम पर हमारी यह जबरदस्ती नहीं है कि तुम अपने आपको हिन्दू मानो, तुम स्वयं को चाहे जो मानो, लेकिन हम जानते हैं कि तुम हिन्दू हो और एक दिन ऐसी स्थिति निर्माण होगी कि तुम मानोगे, कि तुम हिन्दू हो। तब तक हम तुम्हें हिन्दू मानते हैं और तुम नहीं मानते इस कारण दूर रहने की जरूरत नहीं है। भाजपा और अभिव्यक्ति अलग-अलग हो सकती है, लेकिन भारतीय संप्रदायों को यह समझने में कोई कठिनाई नहीं है। वे जानते हैं कि हमारा संप्रदाय अलग होते हुए भी समाज और संस्कृति के नाते हम हिन्दू ही हैं। इस बात को लोग समझते हैं,

एक राष्ट्रीय सम्मेलन के दौरान मोहन भागवत।

वृंदावन में 21 मार्च, 2008 को संघ के एक सम्मेलन में के. एस. सुदर्शन के साथ।

संघ के कामकाज के लिए स्कूटर की सवारी से भी गुरेज नहीं था।

मुरली मनोहर जोशी के साथ मोहन भागवत।

कोलकाता में विश्व हिन्दू परिषद् की स्वर्ण जयंती समारोह (20 दिसम्बर, 2014) के अवसर पर प्रवीण तोगड़िया के साथ भीड़ का अभिवादन।

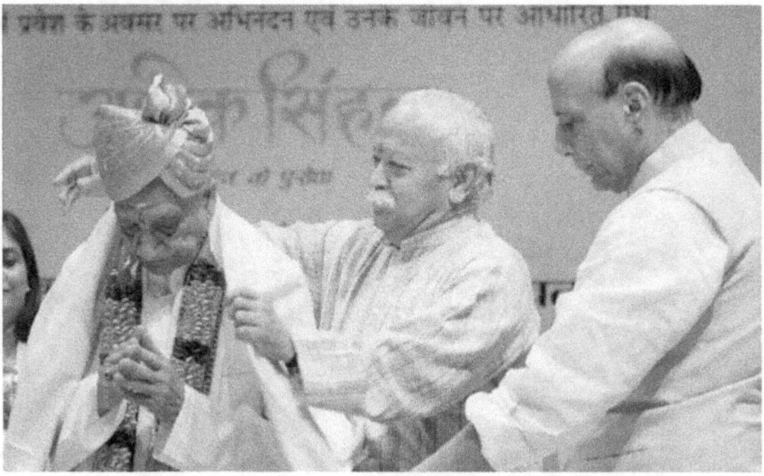

एक समारोह में विहिप के अध्यक्ष अशोक सिंघल का सम्मान।

फुर्सत के पलों में राजनाथ सिंह से विचार-विमर्श।

राष्ट्रीय स्वयंसेवक संघ के एक कार्यक्रम में मोहन भागवत।

एक समारोह के दौरान मानव संसाधन मंत्री स्मृति जुबिन ईरानी का अभिवादन स्वीकार करते हुए।

मोहन भागवत : दो छवि

वर्ल्ड हिन्दू कांग्रेस (2014) की सभा में दलाई लामा
और अशोक सिंघल के साथ।

एक सम्मेलन में भाषण देते मोहन भागवत।

जैन मुनि तरुण सागर का सांनिध्य।

भाषण देने की अपनी अलग छवि।

मोहन भागवत, नितिन गडकरी और प्रधानमंत्री नरेंद्र मोदी के साथ।

संघ की समन्वय बैठक (2015) से पूर्व प्रधानमंत्री नरेंद्र मोदी के साथ बातचीत।

इसलिए इस विचार पर दृढ़ रहकर हमें आगे चलना पड़ेगा। दुनिया इसे अवश्य मानेगी।

देश हिन्दुत्व के आधार पर ही विश्वगुरु बन सकेगा। हिन्दू का तात्पर्य इस देश में रहने वाले हर नागरिक से है, फिर चाहे उसका पंथ व पूजा-पद्धति कोई भी हो। जो भी भारत को अपनी मां मानता हो, वह हिन्दू है।

प्राचीन काल में भारत की संस्कृति से निकला हुआ धर्म (सनातन धर्म) पूरे विश्व को मान्य था। कालांतर में अन्य मत-पंथों का प्रादुर्भाव हुआ। उन्होंने हिन्दू की जगह भारतीय शब्द को प्राथमिकता देने वालों से प्रश्न किया कि वे कौन-से भारत की बात करते हैं– 14 अगस्त 1947 वाले भारत, 15 अगस्त 1947 वाले भारत अथवा उससे पूर्व वाले भारत या फिर आने वाले भारत की?

भारत के जिन भागों में हिन्दू भाव का लोप हुआ व हिन्दू संख्या कम हुई, वह भाग भारत से कटता चला गया। कंधार, काबुल, म्यांमार, बंगलादेश व पाकिस्तान इनका भारत से कटने का कारण यही रहा। हिन्दू चार प्रकार के हैं। एक तो वह जो बड़े गर्व से कहता है कि मैं हिन्दू हूं। दूसरा वह जो कहता है कि हिन्दू हूं; लेकिन मजबूरी में। तीसरा वह जो अकेले में मानता है कि मैं हिन्दू हूं; लेकिन चार लोगों में स्वार्थ के कारण अपने को हिन्दू कहने में डरता है, क्योंकि इसके साथ उसे अल्पसंख्यक के नाम पर मिलने वाली सुविधाएं छिन जाने का डर रहता है। लेकिन इस देश में ईरान से आए पारसी व इजराइल से आए यहूदियों ने अल्पसंख्यकों को मिलने वाली सुविधाएं ठुकरा दीं। चौथे प्रकार का हिन्दू वह, जो जानता है कि मैं हिन्दू हूं, परंतु मानने के लिए तैयार नहीं।

समय की मांग को ध्यान में रखते हुए अगर भारत का समाज अपने स्वार्थ को भूलकर खड़ा हो जाए तो हमें बाहर से कुछ लेने की आवश्यकता नहीं है। सब कुछ हमारे पास है। योगी अरविंद का 100 साल पहले कहा हुआ वाक्य– 'भारत विश्व गुरु बनेगा', पूरा होने से कोई नहीं रोक सकता। हिन्दुस्थान हिन्दू राष्ट्र है और हिन्दुओं को संगठित करने के लिए ही राष्ट्रीय स्वयंसेवक संघ काम कर रहा है। आतंकवाद को खत्म करने के लिए गोली का जवाब बोली से नहीं दिया जा सकता। इसके लिए सरकार व प्रशासन को चुस्त होना पड़ेगा। कश्मीर से कन्याकुमारी तक भारत एक है और आतंकवाद के खिलाफ संघर्ष में जम्मू-कश्मीर के बंधु अकेले नहीं, अपितु पूरा भारत इस संघर्ष में उनके साथ है। हमने संकल्प किया है।

हिन्दू समाज जब-जब मन से संकल्प करता है, उस संकल्प को अवरुद्ध करने की शक्ति दुनिया में किसी की नहीं होती, क्योंकि हिन्दू समाज का संकल्प सत्य संकल्प होता है। सबका मंगल करने वाला संकल्प होता है। किसी के विरोध में वह संकल्प नहीं होता है। अपने पवित्र हिन्दू धर्म, हिन्दू संस्कृति व हिन्दू समाज के संरक्षण तथा उसकी सर्वांगीण उन्नति का वह संकल्प होता है। इतिहास साक्षी है कि जब-जब हिन्दू समाज की उन्नति हुई है, तब-तब सभी प्रकार के संत्रासों तथा संकटों से त्रस्त दुनिया को सुख-शांति का नया रास्ता मिला है। हम लोगों ने जो संकल्प लिया है, वह सत्य संकल्प है। उसमें सबके कल्याण की शुद्ध और सत्य भावना है। उस संकल्प के पीछे हम सब लोगों के दृढ़ संकल्प का और बाहुओं के बल का पुरुषार्थ खड़ा है।

भारत से जो भी भाग अलग हुआ, आज उसकी दुदर्शा दिखाई दे रही है, फिर चाहे वह पाकिस्तान हो, नेपाल हो या फिर बंगलादेश। हमने कभी सत्य व अहिंसा का मार्ग नहीं छोड़ा है और न ही छोड़ेंगे, क्योंकि हम कोई राजनीतिक दल नहीं हैं और न ही हमें लोकप्रियता की चिंता है। संसार के किसी भी देश में हमारी पहचान को लेकर भ्रम नहीं है, किन्तु भारत ही एक ऐसा देश है, जहां हमारी पहचान को लेकर जानबूझकर भ्रम फैलाया गया है। हमें सांप्रदायिक कहा जाता है, हमारे कार्यक्रमों में बाधा डाली जाती है, परंतु हम अपने हिन्दुत्व के विचार को बिलकुल नहीं छोड़ेंगे। डॉ. श्यामा प्रसाद मुखर्जी ने अपने जीवनकाल से हमें यह सिखाया है कि सत्य और अहिंसा का साथ कभी नहीं छोड़ना चाहिए। पूरे विश्व को हमें डॉ. श्यामा प्रसाद मुखर्जी जी के विचारों और उत्कृष्ट देशभक्ति से अवगत कराना है। देश की एकता-अखंडता के लिए देशभक्ति का ज्वार जगाना है। हमारी विचारधारा साफ और स्पष्ट है– हम हिन्दुत्व को नहीं छोड़ने वाले हैं, क्योंकि विचारधारा ही किसी संगठन और राजनीतिक दल का मुख्य आधार होती है।

देश के सामने वर्तमान में दिख रही सभी तरह की बुराइयों के निदान का एक ही उपाय है और वह है हिन्दुत्व दर्शन। यह हमारे राष्ट्रीय और सामाजिक जीवन का महत्त्वपूर्ण अंग है। यह एक जीवन पद्धति है, जो भारत के सभी मत-पंथों और भाषाओं को अपने में समेटे हैं। संघ देश को परम वैभव के पद तक ले जाने के लिए इस देश की संस्कृति और परंपराओं से डिगे बिना हिन्दुत्व का प्रसार करने में जुटा है।

हिन्दू धर्म नहीं है। हिन्दू और हिन्दुत्व तो हर भारतीय की सांस्कृतिक विरासत को दर्शाते हैं। हिन्दुत्व में हिन्दू भी समाहित हैं तो मुस्लिम, ईसाई और सिख भी, क्योंकि यह हम सबकी राष्ट्रीय पहचान है। देश के जिन क्षेत्रों में हिन्दू आबादी कम हुई है या दूसरे मत-पंथों में मतांतरित हुई है, वह हिस्सा इस देश से कट गया। यही आंतरिक सुरक्षा, क्षेत्रवाद, अलगाववाद आदि वर्तमान चुनौतियों का कारण बना। अनकेता में एकता हमारी विशेषता है और यही हमारी असली पहचान भी है। हिन्दुत्व सभी दिशाओं से सभी अच्छी चीजों और विचारों का स्वागत करता है। डॉ. अब्दुल कलाम और डॉ. वर्गीज कुरियन जैसे महान विचारकों ने बार-बार कहा है कि प्रगति, समृद्धि और शांति तथा भारत को विश्व का नेता बनाने के लिए इस देश के आम जन को प्रेरित करना होगा। भारत ने स्वतंत्रता के बाद प्रगति तो की है, लेकिन गरीबी, बेरोजगारी, आंतरिक सुरक्षा, आतंकवाद जैसी सामाजिक समस्याएं भी बढ़ रही हैं। इन सभी समस्याओं के लिए एकमात्र समाधान है मातृभूमि की वेदी पर अपने सभी गुणों को समर्पित करना। संघ इसी दृष्टि से निरंतर कार्यरत है और राष्ट्रीय पुनर्निर्माण के इस महत् कार्य में सबको जुड़ना चाहिए।

ईश्वर ने कोई भी दो चीजें बिलकुल एक जैसी नहीं बनाई। ऐसे में दूसरों पर अपनी बात थोपना संघर्ष को जन्म देता है। मतांतरण की समस्या का कारण भी यही सोच है। प्रश्न है कि एकता का आधार क्या हो सकता है? हिन्दुत्व में शांति, एकता और विकास के गुण समाहित हैं। हिन्दुत्व को कुछ लोग भारतीयता कहते हैं। यह भी कहना गलत नहीं है, क्योंकि दोनों समानार्थी हैं। हजारों वर्षों से भारत ने जिन मूल्यों को पुष्ट किया, वे ही इस दौर की समस्याओं का समाधान दे सकते हैं।

हमारी कल्पना में भारतभूमि सिर्फ जमीन का टुकड़ा भर नहीं है। इसका व्यापार नहीं किया जा सकता। यह भारतभूमि साक्षात चिन्मयी भारतमाता है और हम सब इसके पुत्र हैं। यही कारण है कि भारत के विभाजन की पीड़ा हमें विकल कर देती है। यह घटना भूले जाने योग्य नहीं है। इतिहास से सबक न सीखने वाले भुलक्कड़ समाज को दुनिया जीने भी नहीं देती। इसलिए भारत का विभाजन हमारे लिए एक दु:स्वप्न है। जिस दिन इस देश का सांस्कृतिक रूप से एक समाज अपनी निद्रा त्यागकर उठ खड़ा होगा, उस दिन यह दु:स्वप्न टूट जाएगा।

जहां-जहां हिन्दू भावना एवं संस्कृति को मानने वालों की संख्या घटी,

वही भाग इस भारतभूमि से अलग होता गया। विस्तृत एवं अखंड हिन्दुस्थान में रहने वाले भले ही किसी भी उपासना पद्धति को मानने वाले हों, पर उनके पूर्वज एवं उनकी संस्कृति यही हिन्दू संस्कृति अथवा भारतीय संस्कृति है। वे इस भाव को भूले और टूटकर अलग हुए, पर आज भी उनकी समस्याएं समान ही हैं। गांधार (अफगानिस्तान) में तबसे लेकर आज तक खून की नदियां बह रही हैं। तिब्बत, नेपाल, श्रीलंका, बर्मा, पाकिस्तान और बंगलादेश – इन सभी देशों का अलग-अलग विश्लेषण करें तो पाएंगे कि सभी की समस्याओं में मूल कारण एक ही है। ये सब भारत से अलग होकर स्वयं भी पीड़ित हैं और भारत की पीड़ा का भी कारण है। सत्य बात तो यह है कि जीन का अध्ययन कर विज्ञान ने भी यह सत्य प्रतिष्ठापित किया है कि इन सारे भू-भागों में रहने वालों का जीन एक समान है। हम भी कहते हैं कि हम सब एक ही संस्कृति के मानने वाले रहे हैं, हम सब हिन्दू पूर्वजों की संतान हैं। पंथ-भाषा-वेशभूषा भले अलग हो, पर हम सब एक संस्कृति के अंग हैं। ऐसा कहने से हम उनके पूर्वजों एवं इतिहास से उनको जोड़ते हैं, जिससे भावनात्मक एकता मजबूत होती है।

विभाजन के 62 वर्ष बाद देखें, तो जिस अल्पसंख्यक सांप्रदायिकता के आधार पर विभाजन हुआ, वह सोच और अल्पसंख्यकवाद आज भी विद्यमान है। जबकि हमारा मानना है कि अल्पसंख्यक वे हैं, जो किसी अन्य देश से यहां आए। मुस्लिम समाज अल्पसंख्यक नहीं है। वे इसी देश की संतान हैं। उनके पूर्वज इसी देश के थे। हम सब (भारत-पाकिस्तान-बंगलादेश व अन्य देशों के लोग) सब अपनी-अपनी विशिष्टताओं के साथ एक होकर रह सकते हैं। जिस हिन्दुत्व के भाव को हमने भुला दिया, यदि हम उसका स्मरण करें तो, यही भाव हमारी एकता का आधार बनेगा। प्रत्येक दिलों में हिन्दू संस्कृति और मूल्यों को पुनर्जीवित करने की जरूरत है, क्योंकि हिन्दू समाज की कमजोरी की वजह से, कुछ लोग जिन्हें हमारे समाज और संस्कृति की कोई समझ नहीं है, आगे बढ़ रहे हैं। हमारे देश में संत समाज की सच्चाई और उनकी तपस्या भक्ति ने हिन्दू समाज को एकजुट रखने और जागृति पैदा करने में वर्षों पूर्व जो सहयोग दिया था, आज भी हमें उसकी आवश्यकता है। संत विश्वास की एक परंपरा है, जो हमारे समाज में सकारात्मक परिणाम लाने का काम करता है।

हिन्दुस्थान हिन्दू राष्ट्र है। यहां सभी विविधताएं स्वीकार्य हैं, क्योंकि विविधता में ही एकता विद्यमान है। विश्व कल्याण के लिए हिंदुस्थान

का उत्थान आवश्यक है और हिंदुस्थान के उत्थान के लिए हिन्दुत्व का उत्थान जरूरी है। राष्ट्रीय स्वयंसेवक संघ समस्त हिन्दू समाज में इसी भावनात्मक देशात्म बोध की चेतना जाग्रत करने का कार्य कर रहा है। देशहित के लिए जीना और मरना संघ का एकमात्र कार्य है। संघ का कार्य हिन्दू समाज को संगठित करना है। संघ राजनीतिक दलों की गतिविधियों में हस्तक्षेप नहीं करता। भारतीय जनता पार्टी की जो भी समस्या है, उनका समाधान उसे खुद ही करना है, इसमें वह सक्षम है। संघ केवल मांगने पर उसे सलाह दे सकता है।

हिन्दुस्थान हिन्दू राष्ट्र है। हिन्दुत्व यानी जो सनातन धर्म है, जो विविधता में एकता सिखाता है, वही हिन्दुत्व अपनी पहचान है, अपनी एकता का आधार है, अपने पुरुषार्थ का उत्सव है और हमारे देश के जीवन का प्राण है। इसलिए उस हिन्दू राष्ट्रीयत्व के आधार पर संपूर्ण समाज को देशात्मबोध की चेतना से जीना-मरना सिखाने का यह तंत्र शाखा के रूप में संघ ने विकसित किया है, उसको लेकर संघ चलता है और आज देश एवं दुनिया को उसकी बहुत आवश्यकता है। आज दुनिया के सामने जो समस्याएं हैं, उसका दूसरा कोई उत्तर नहीं है। यही हिन्दुत्व, सनातन धर्म, मानवता, बंधुभाव, जो भी नाम आप दें, भारतीयता कहें, आर्यत्व कहें। इसका दूसरा उत्तर नहीं है, दुनिया इसको समझ चुकी है और राह देख रही है कि कब भारत धर्म के युगानूकुल इस अभिव्यक्ति को लेकर दुनिया का नेतृत्व ग्रहण करता है और परमवैभव संपन्न विश्वगुरु देश बनता है ताकि उसके मार्गदर्शन के आलोक में एक नई, सुखी, सुंदर दुनिया बनने की राह प्रशस्त हो। इस बात की राह दुनिया देख रही है। अब यह हमारा काम है कि अपने देश के सामने जो सब प्रकार की समस्याएं हैं, उनका समाधान करके अपने देश को बड़ा बनाने के लिए गुणसंपन्न तथा संगठित होकर हम खड़े रहें। सबसे प्रमुख हमारे सामने अपनी आंतरिक बाह्य सुरक्षा है। घुसपैठियों के मद्देनजर सर्वोच्च न्यायालय द्वारा दिए गए निर्देशों का अनुपालन नहीं किया जा रहा है। राजनीतिक स्वार्थों के कारण जाति, भाषा, पंथ, प्रदेश और जनसंख्या के आधार पर भेदभाव को बढ़ा देने की राजनीति के चलते देश कमजोर हो रहा है।

हिन्दुत्व की बात करने पर कुछ सेकुलर चिढ़कर इसे सांप्रदायिक बताने लगते हैं और नई-नई परिभाषाएं गढ़ते हैं। कोई भारतीय कहता है, कोई आर्य तो कोई हिन्दुस्थानी। परिभाषाएं ठीक हैं, सबका सारतत्व भी

एक है, लेकिन इन अलग-अलग नामों के कारण भ्रांतियां पैदा होती हैं। इसलिए केवल हिन्दुत्व ही सबको एक सूत्र में जोड़ने वाला तत्व है। हिन्दुत्व के सभी आग्रही एक हों तो बाकी लोग भी इसे स्वीकारेंगे और देश की उन्नति संभव होगी।

एक समय था, जब लोग खुद को हिन्दू के रूप में परिचय देने से कतराते थे, लेकिन आज दुनिया-भर में हिन्दुत्व की पताका गौरव के साथ लहरा रही है और लोग हिन्दू के नाते गर्व का अनुभव करते हैं, क्योंकि हिन्दू वह है जो समन्वय की बात करता है, सबको साथ लेकर चलने की बात करता है, हिंसा और आतंक दोनों का विरोधी है। इस देश की चेतना है हिन्दुत्व और हिन्दू त्याग तथा संयम के आधार पर जीता है।

आज देश की सीमाएं असुरक्षित हैं। आंतरिक और बाह्य सुरक्षा पर भी संकट के बादल मंडरा रहे हैं। इन संकटों को दूर करने की बात तो की जाती है, परंतु इनका समाधान नहीं होता। इसका एक मुख्य कारण यह है कि देश की जनता में पुरुषार्थ और राष्ट्रीय चेतना को जगाने का जो प्रयास होना चाहिए था, वह नहीं हुआ। आज विश्व संप्रदायवाद, नस्लवाद, भाषावाद और पर्यावरण प्रदूषण जैसी अनेक समस्याओं से घिरा हुआ है। इन समस्याओं के समाधान के लिए अब तो ऐसे विषयों से जुड़े चिंतक भी कहने लगे हैं कि हिन्दुत्व अर्थात् सर्वसमावेशी भारतीय चिंतन ही इनका समाधान कर सकता है। हिन्दुत्व में सभी समस्याओं का समाधान मौजूद है। देश पर छाए संकट का समाधान हिन्दू दर्शन को आत्मसात करके ही दूर किया जा सकता है।

हिन्दू समाज ने कभी किसी और को दबाने की बात नहीं की है। वह आज भी ऐसा नहीं करता है। इतने अपराध पाकिस्तान करता है; इतने अपराध घुसपैठ करने वाले बंगलादेशियों की तरफ से होते हैं, हिन्दू अभी तक केवल सहता आ रहा है। लेकिन हमारे भगवान सिखाते हैं कि 100 अपराधों के बाद सहन भी मत करो। अब 100 अपराध पूरे हो गए हैं। अब और क्या होना बाकी है? कितना सहन करना है? केवल हमको सहन नहीं करना पड़ता। इनको तो दुनिया को सहन करना पड़ रहा है और दुनिया के पास उपाय नहीं है। हमारे पास उपाय है। हम जानते हैं कि यदि हम खड़े हो जाते हैं, तो फिर कोई दुष्ट ताकत, कोई स्वार्थी ताकत हमारी सम्मिलित संगठित शक्ति के सामने खड़ी नहीं रह सकती। लड़ने की बात तो और है।

हम जब कहते हैं कि भारत मेरा देश है, तो हम यह नहीं कहते कि

हम भारत के मालिक हैं। हम कहते हैं कि यह मातृभूमि है, मैं उसका पुत्र हूं। माता के लिए मेरा जन्म है। हम इसके उत्तरदायी हैं। जितनी जल्दी हिन्दू समाज खड़ा हो जाएगा, उतनी जल्दी भारतभूमि पर बसने वाले हर एक का, वह किसी की भी पूजा करता हो, हर एक का कल्याण होगा। जब तक भारत भूमि में हिन्दू खड़ा नहीं है, तब तक किसी का कल्याण नहीं है। भारत में हिन्दू अगर उत्तरदायी होकर खड़ा नहीं होता, संगठित होकर खड़ा नहीं होता, शक्ति संपन्न होकर खड़ा नहीं होता तो भारतवर्ष में रहने वाले प्रत्येक को दुःख का ही सामना करना पड़ता। हम अपना दुःख दूर कर रहे हैं, उससे दुनिया का दुःख दूर होने वाला है,। यह समझें कि हम खड़े हो रहे हैं, जिनकी स्वार्थ की दुकान बंद होगी, जिनकी दुष्टता चल नहीं सकेगी, वे विरोध करने का थोड़ा-बहुत प्रयास करेंगे। संघर्ष थोड़ा-बहुत होगा, लेकिन संघर्ष करते समय भी हमको पता है कि यह तो हमारा दुष्टों की दुष्टता के विरुद्ध संघर्ष है। स्वार्थी लोगों के स्वार्थ के विरुद्ध संघर्ष है। हम किसी का द्वेष नहीं करते।

हिन्दू के प्रति किसी प्रकार की शंका करने का कोई कारण नहीं। हम हिन्दू हैं, हम हिन्दू रहेंगे और हिन्दुत्व के जो काल सुसंगत शाश्वत तत्व है, जो सारी दुनिया पर लागू होते हैं, जिनके आधार पर चलने से दुनिया का कल्याण होगा, उन तत्वों को अपने आचरण से हम सारी दुनिया को देने वाला हिन्दुस्थान खड़ा करना चाह रहे हैं, उसको हम खड़ा करके रहेंगे। हिन्दुस्थान में परम वैभव संपन्न हिन्दू राष्ट्र और सुखी-सुंदर मानवता संपन्न दुनिया बनाने वाला विश्वगुरु हिन्दुस्थान, इसको खड़ा करने के लिए हमने संकल्प लिया है। हिन्दू समाज के एकीकरण का काम प्राथमिकता के आधार पर लिया जाना चाहिए। एक अभियान के तौर पर लिया जाना चाहिए। भारत की अखंडता का मतलब ही हम सभी का एक होना है। लोगों को चाहिए कि वे भगवाध्वज के नीचे संकल्प लेकर मोहल्ले के स्वयंसेवकों को संगठित कर जात-पात, ऊंच-नीच, शिक्षित-अशिक्षित में भेद किए बगैर संपूर्ण भाईचारे और सौहार्द से संघ की विचारधारा के अनुरूप सभी समाज के लोगों को एकजुट करने के कार्य में जुट जाएं और हरेक की श्रद्धा का सम्मान करें। भारतीय संस्कृति ही हिन्दू संस्कृति है। सभी मिलजुलकर विविधता में एकता के आधार पर काम करें। हमें सबसे पहले हिन्दुत्व के भाव को मजबूत करना होगा। हिन्दू समाज की जागृति एवं एकता ही सभी समस्याओं का निराकरण कर सकती है।

आज की वैमनस्यपूर्ण स्थिति में पूरे संसार की नजर भारत पर है, क्योंकि **'सर्वे भवन्तु सुखिनः'** का उद्घोष भारत की ही देन है। यहां सह अस्तित्व की कोई शर्त नहीं है। हम सब अपनी पहचान बनाए रखते हुए भारत में रह सकते हैं। यही भाव वास्तव में हिन्दुत्व, भारतीयता या सनातन धर्म है। हम इस विचार को लेकर चलने वाले लोग हैं। भारतीयता में जो तत्व मौजूद है, वह हिन्दू है। देश की एकता और अखंडता के लिए हमें प्रामाणिकता, अहं-शून्यता तथा प्रखर देशभक्ति का भाव लेकर चलना है।'

विचार पीयूष

धारणा या सोच एक ऐसी चीज है, जिसे अलग-अलग विद्वानों ने अपने-अपने ढंग से समझाया है। किसी ने इसे यथार्थ कहा है, तो किसी का कहना है कि इसमें सच जैसी कोई चीज नहीं होती, सिर्फ एक धारणा होती है। मोहन भागवत को अगर अपनी परिभाषा गढ़नी हो, तो वे इसमें एक और बात जोड़ सकते हैं कि धारणा एक दुधारी तलवार है। अगर इसमें बेसब्री और उतावलेपन का तत्व जुड़ जाए, तो यह भाप बनकर उड़ सकती है।

भागवत जी के भाषण और टिप्पणियां स्वतः स्फूर्त होते हैं, इसलिए उनके विचार भी मौलिक होते हैं। उनके भाषणों और टिप्पणियों में एक बात समान रूप से दृष्टिगोचर होती है कि संघ, हिन्दुत्व, हिन्दू समाज, विविधता की बात करते हुए भी उनका इस बात पर बल अवश्य रहता है कि हमें राष्ट्र के विकास को सर्वोच्च प्राथमिकता देनी होगी और इसके लिए दुनिया के दूसरे देशों से जो भी सीखने को मिले, जो भी सीख सकें, उसे सीखना होगा।

इस अध्याय में प्रस्तुत है ऐसे ही चंद महत्त्वपूर्ण विषयों पर उनके विचार-पीयूष...

युवाओं के कंधे पर राष्ट्र निर्माण की जिम्मेदारी

भारत प्राचीनकाल से दुनिया का सिरमौर रहा है। कुछ कालचक्र घटनाओं को छोड़ दें, तो भारत ने हर क्षेत्र में पहल करते हुए कीर्तिमान स्थापित किया हैं। भारत पुनः दुनिया का सिरमौर बने, इसके लिए युवाओं को भारत की आत्मा को पहचान कर देश के विकास में अपनी भूमिका निर्धारित करनी होगी, देशहित में अपने कार्यों का निर्धारण करते हुए भविष्य की योजनाएं बनानी होंगी। भारत की उन्नति तब तक संभव नहीं है, जब तक भारत का प्रत्येक व्यक्ति भारत की सभ्यता, संस्कृति व समन्वय की परंपरा पर नहीं चलेगा। आपसी सभी भेदभावों को मिटाकर हमें अपने राष्ट्र

के लिए कार्य करना है, यह भाव देश के जनमानस में, खासकर युवाओं में पैदा हो और समाज के मूल्यों एवं गौरवशाली अतीत के प्रति जिस दिन गर्व महसूस करना शुरू करेगा, उस दिन से भारत पुनः अपने यशस्वी स्थान को प्राप्त करेगा।

शिक्षा का अर्थ केवल अर्थार्जन नहीं

शिक्षा का अर्थ केवल अर्थार्जन नहीं है, बल्कि मानवीय मूल्यों की रक्षा का धर्म निभाने के लिए होना चाहिए। शिक्षा द्वारा प्रत्येक मनुष्य के अंदर राष्ट्रीय विचारों का निर्माण होना चाहिए। प्रत्येक मनुष्य को अपने देश की स्थिति के बारे में जागरूक रहना चाहिए। एकांत में आत्मदर्शन की साधना और लोकांत में सेवा तथा परोपकार करना, यह विश्व के जीवन को धारण करने वाला सफल जीवन माना जाता है। इसलिए हमारी शिक्षा राष्ट्रीय अवधारणाओं पर आधारित होनी चाहिए तथा प्रत्येक व्यक्ति को अपने निहित धर्म के लिए कर्त्तव्य पालन का विचार करना होगा। जिस तरह हम ऊंची इमारत खड़ा करने पर ध्यान केंद्रित करते हैं, उसी तरह हमें प्रत्येक व्यक्ति के व्यक्तित्व को निखारने पर ध्यान देना चाहिए। मनुष्य का व्यक्तित्व जितना उन्नत होगा, वह राष्ट्र की समृद्धि के लिए सहायक होगा।

सुसंस्कारों से समाप्त होगी नशे की समस्या

पर्यावरण प्रदूषण व नशे की समस्या बच्चों को दिए जाने वाले अच्छे संस्कारों से ही हल होगी। शिक्षा का उद्देश्य बच्चों को संस्कारित करना होना चाहिए। परंतु जब तक सरकारों के स्तर पर संस्कारवान शिक्षा का प्रारंभ नहीं किया जाता, तब तक हम अपने बच्चों को संस्कारविहीन रखने का जोखिम नहीं उठा सकते। पहले परिवारों में कहानियों के रूप में बच्चों को संस्कार दिए जाते थे, परंतु आज यह परंपरा कमजोर पड़ती जा रही है, जिसके दुष्परिणाम भी हमारे सामने हैं। हमें बच्चों को उनके बचपन से ही सिखाना होगा कि जीवन में पर्यावरण की रक्षा कैसे करनी है और नशा किस तरह हानिकारक है। बच्चे इस देश का भविष्य हैं और हमें देश का भविष्य बनाने से पहले बच्चों को संस्कारवान बनाना होगा।

सभी के लिए कल्याणकारी होता है धर्म

धर्म सभी के लिए कल्याणकारी होता है। धर्म हमेशा शाश्वत होता है। चाहे पूजा पद्धति कोई भी हो, धर्म जोड़ने का कार्य करता है। सबके

जीवन की चिंता करते हुए अपने कर्त्तव्यों को धारण करना ही धर्म है। धर्म को संकुचित दायरे में बांधना ठीक नहीं है। देश, काल की परिस्थिति के अनुसार मूल्य और परिस्थितियां बदलती हैं, लेकिन सत्य हमेशा रहता है। धर्म वह है, जिसके मूल में समभाव हो। महात्मा बुद्ध ने भी कहा था कि धर्म सदा, सर्वदा सबके लिए कल्याणकारी होता है। बिना स्वार्थ के हम अपना जीवन सेवा व परोपकार के दायरे में जिएं। प्रेम व कट्टरता के नाम पर संघर्ष नहीं होना चाहिए। सेवा, सहनशीलता, कृतज्ञता जैसे मूल्य हिन्दुत्व की पहचान है। सेवा करते समय सीमाएं नहीं देखी जातीं। मनुष्य मात्र की सेवा ही भगवान की सच्ची सेवा है।

भारत के दर्शन में आत्मीयता का भाव है

सनातन मूल्य आधारित संस्कृति पर सबका अधिकार है। भारतीय संस्कृति भेद व संघर्ष को नहीं मानती। भारत के दर्शन में आत्मीयता का भाव है। हम समन्वय करके चलने वाले लोग हैं। इसी संस्कार की अभिव्यक्ति कि सभी का जीवन सुखी बने, ऐसी हमारी मान्यता रही है। यहां तक कि प्रकृति के प्रति भी कृतज्ञता का भाव रखते हुए ही उसका दोहन करें, न कि शोषण करें। कभी भी भारतीय समाज आत्म केंद्रित नहीं रहा और न यह भारत की पहचान रही है। आत्मीयता में संघर्ष नहीं समन्वय होता है। इसी मान्यता व विरासत को भारतीयों को पहचानना चाहिए और अपनी विरासत पर गर्व करना चाहिए। विदेशी आक्रमण व भारतीय समाज को मूल से विस्मृत किए जाने के प्रयासों के चलते भारतीय समाज में कुछ कमजोरियां आईं। अब हमें भेद मिटाने होंगे, अपना इतिहास जानना होगा और खोज करके सत्य सभी को बताना पड़ेगा। समाज के आचरण में मूल्य व बल दोनों को बढ़ाना पड़ेगा ताकि भारत को उत्कर्ष की राह पर पुनः ले जाया जा सके, यही एकमेव उपयुक्त विचार है, जो विश्व को राह भी दिखाएगा। स्वामी विवेकानंद ने कहा था कि मैं भविष्य नहीं मानता, लेकिन मैं देख रहा हूं कि भारत भूमि फिर से विश्व का सिरमौर बन विश्व को राह दिखा रही है।

कर्त्तव्य-पालन अर्थात् धर्म

सामान्यतः धर्म का अर्थ कर्त्तव्य-पालन को माना जाता है। माता-पिता की सेवा करना हमारा कर्त्तव्य है। प्रजा का पालन करना राजा का कर्त्तव्य है। पढ़ाई करना छात्र का धर्म है। धर्म का अर्थ ढूंढने जाएं तो ग्रंथों में

बहुत-सी बातें मिलती हैं। अभ्युदय अर्थात् भौतिक जीवन की उन्नति, जिसे आजकल की भाषा में विकास कहते हैं। जन्म से लेकर मृत्यु तक सुख-सुविधा, संपन्नता, इसे अभ्युदय कहा गया है। बहुत से लोग मानते हैं कि इस जीवन के साथ परलोक भी है। वहां भी शांति की कामना को निःश्रेयस कहा गया। अतः कहा गया कि अभ्युदय के साथ निःश्रेयस की सिद्धि धर्म है। धर्म जो सबको टिकाए रखता है। **'धारणात धर्म इत्याहू, धर्मो धारयते प्रजा'**। सृष्टि में जीवन चल रहा है, उसका कारण धर्म है। सामान्य लोगों की भाषा में जो शब्द आते हैं, वे अनुभव से आते हैं, अतः परंपरा से स्वभाव व कर्त्तव्य को धर्म माना जाता है, वह भी गलत नहीं हो सकता। शास्त्र जो कहते हैं, वह भी सत्य ही है। इहलोक और परलोक में सबको उन्नति और सुख मिले, उस हेतु कर्त्तव्य पालन धर्म है।

सत्य आधारित जीवन जियो

मनुष्य को अपना और अन्य जीवों का कल्याण करना है, तो उसे सत्य पर आधारित जीवन जीना होगा। सत्य है कि आत्मा एक है और यही आत्मा परमात्मा है। यही आत्मा हर जीव में विद्यमान है। परमात्मा की सेवा करना ही हमारा लक्ष्य है। इसलिए सारी दुनिया के सुख के लिए हमारा जीवन है। जब हम ऐसा करते हैं; तो हमारा जीवन उपयोगी होता है, सुख देता है और दुनिया का भी भला करता है। हिन्दू वही है, जो सबके सुख और उन्नति की कामना करता है और सृष्टि के सभी जीवों को समान भाव से देखता है।

मातृभाषा में शिक्षा

बच्चों को उनकी मातृभाषा में, संवैधानिक तौर पर मान्यता प्राप्त, राज्य की भाषाओं में शिक्षा प्रदान की जानी चाहिए। विदेशी भाषाओं में शिक्षित छात्र अपने परिवेश, परंपराओं, संस्कृति और जीवन मूल्यों से कट जाता है और कई बार तो वह अपने प्राचीन ज्ञान, विज्ञान और साहित्य से बेखबर होकर अपनी पहचान भी खो देता है।

महात्मा गांधी, मदन मोहन मालवीय, रवींद्रनाथ टैगोर, बी.आर. अंबेडकर और एस. राधाकृष्णन जैसे प्रतिष्ठित विचारकों तथा सी.वी. रमन, पी.सी. रे, जगदीश चंद्र बोस जैसे वैज्ञानिकों ने कहा था कि मातृभाषा में शिक्षा देना वैज्ञानिक और स्वाभाविक दोनों हैं। राधाकृष्णन आयोग और कोठारी आयोग जैसे कुछ आयोगों ने भी इस तरह की सिफारिशें की थीं।

संघ विदेशी भाषाओं समेत अनेक भाषाओं के अध्ययन का पूरी तरह से समर्थन करता है, लेकिन उसकी सोची-समझी राय है कि स्वाभाविक प्रशिक्षण के लिए और सांस्कृतिक सोच को बढ़ावा देने के लिए खासतौर पर प्रारंभिक शिक्षा मातृभाषा में या प्रदेश की भाषाओं में होनी चाहिए।

अखिल भारतीय प्रतिनिधि सभा, केंद्र और राज्य सरकारों से मांग करती है कि अपनी मौजूदा भाषा नीतियों की समीक्षा करें और मातृभाषा में या संवैधानिक तौर पर मान्यता प्राप्त राज्य की भाषाओं में शिक्षा प्रदान करने की प्रभावी व्यवस्था सुनिश्चित करें। इसके साथ ही शिक्षा, प्रशासन और न्याय प्रणाली में भारतीय भाषाओं के इस्तेमाल की दिशा में पहल करें।

नये शिक्षा मॉडल की जरूरत

वर्तमान समय में लोग शिक्षा प्रणाली से खुश नहीं हैं और दुनिया भर में ऐसा मानना है कि शिक्षण एवं अध्ययन के तरीकों में एक व्यापक बदलाव की जरूरत है। वे एक नई दिशा देने के लिए भारत की तरफ देख रहे हैं, क्योंकि प्राचीनकाल में भारत अध्ययन और शिक्षा प्राप्ति का महानतम केंद्र था। हमने सदियों तक इस क्षेत्र का नेतृत्व किया और अब हमें वह स्थान दोबारा पाना होगा।

आज शिक्षा के एक ऐसे मॉडल का निर्माण करने की जरूरत है, जो भारत के समृद्ध प्राचीन अतीत से ली गई हो, जब देश शिक्षा का एक महान केंद्र था। वर्तमान समय में सबके लिए स्वीकार नये शिक्षा मॉडल की जरूरत है।

हिन्दू समाज के प्रति संतों का योगदान

आत्म विस्मृति और आत्महीनता की स्थिति से हिन्दू समाज को दूर करने के लिए अपने संस्कारों और मूल्यों को हृदय में पुनर्जीवित करना होगा। हमारा देश संतों की वाणी को परंपरा से ही सत्य माननेवाला देश है। संत अपनी तपस्या की शक्ति से हिन्दू समाज को एकत्रित कर उसे जाग्रत कर सकते हैं। समाज जागरण के लिए संत समाज जो भी कार्य करता है, उसका बहुत सकारात्मक परिणाम सामने आता है। हिन्दू समाज की दुर्बलता एवं निद्रा के कारण देश में ऐसे लोग आगे बढ़ रहे हैं, जिन्हें देश, समाज व संस्कृति की अनुभूति नहीं है।

आज संपूर्ण विश्व भारत की ओर आशाभरी निगाहों से देख रहा है, ऐसे में हिन्दू समाज को विश्व कल्याण के अपने ईश्वर प्रदत्त कर्त्तव्य को

पूरा करने के लिए स्वयं को तैयार करना होगा। हिन्दू समाज को टालने वाली प्रवृत्ति को छोड़कर स्वयं प्रयास कर बदलाव के लिए कार्य करना होगा। हिन्दू समाज को जाग्रत करने में संत बड़ी भूमिका निभा सकते हैं। मंदिर, श्मशान और पानी के नाम पर भेदभाव को समाप्त करने में योगदान देकर संत समाज, हिन्दू समाज में समरसता लाने का कार्य करें। परिवारों को अपने बालक-बालिकाओं को सुसंस्कार देने, राष्ट्रीय विचारों वाला साहित्य पढ़ने और उस पर चर्चा करने के लिए प्रेरित करें। संत समाज सामाजिक समरसता के लिए काम करते हुए लोगों को हिन्दू समाज से दूर करने के षड्यंत्र को सफल नहीं होने दें और हिन्दू समाज अपना दरवाजा खुला रखे। विश्वकल्याणकारी भारत के संकल्प को लेकर हिन्दू समाज को कार्य करना चाहिए।

विश्व कल्याण

विश्व कल्याण के लिए प्रकृति, संस्कृति एवं समाज का संरक्षण ही अंतर्राष्ट्रीय सम्मेलन का लक्ष्य है और इस लक्ष्य को सभी ने अपनाया भी है तथा स्वीकार भी किया है। पर, शायद विश्व को अभी अहसास नहीं हुआ है कि कल्याण के लिए इसके अतिरिक्त अन्य कोई मार्ग नहीं है। विश्व में विभिन्न तत्व शामिल हैं, समस्त एक-दूसरे के साथ संबंधित हैं। हमारी पुरातन संस्कृति ने हमें यह ज्ञान दिया है और आधुनिक विज्ञान ने भी इसे सिद्ध किया है।

विश्व पिछले 2000 वर्षों से एक अनुबंध के आधार पर विश्व कल्याण हासिल करने का प्रयास कर रहा है। तुम मुझे लाभ प्रदान करो और मैं तुम्हें, यदि मुझे लाभ नहीं मिलेगा तो मैं तुम्हें नष्ट कर दूंगा।

जबकि होना यह चाहिए कि विविधता में अनुबंध के आधार पर नहीं, अपितु स्वीकार्यता के आधार पर साथ रहना चाहिए। जीवन का आधुनिक सिद्धांत कहता है कि हमें एक-दूसरे को सहन (बर्दाश्त) करना चाहिए, जबकि अनुभव के आधार पर हमारी पुरातन संस्कृति हमें एक-दूसरे को स्वीकार करना सिखाती है। स्वीकार्यता उपयोग के आधार पर नहीं होनी चाहिए। विभिन्न परंपराएं अलग-अलग दिखती हैं, लेकिन वह अलग नहीं है। विविधता में एकता ही वास्तविक और स्थाई होती है। हमारी संस्कृति प्रत्येक वस्तु, प्रकृति, परंपरा के संरक्षण का संदेश देती है। विश्व की पुरातन संस्कृति ने सबको स्वीकार करके जीवन के निर्वहन का अनुभव अर्जित किया है।

जिस प्रकार एक भक्त वैष्णो देवी की गुफा में दर्शन के लिए जाता है, गुफा संकरी होने के बावजूद भी भक्त अपने शरीर के किसी अंग को अलग नहीं रखता, वह दर्शन के लिए जाता है। उसी प्रकार पूरा विश्व भी एक ही है और विश्व कल्याण के लिए हमें एक साथ आना होगा, हमें स्वीकार्यता का भाव जाग्रत करना होगा, विविधता का विरोध करने के बजाय उसे जश्न के रूप में मनाना होगा। किसी पर भी अत्याचार और उसका विरोध इस आधार पर नहीं होना चाहिए कि वह अलग वस्त्र पहनता है या उसकी पूजा की पद्धति अलग है या उसकी परंपराएं अलग हैं। सभी को एक साथ रहना चाहिए और सबको साथ लेकर चलने का मार्ग तलाशना चाहिए, इसी में विश्व का कल्याण निहित है।

शक्तिशाली हिन्दुओं की आवश्यकता

भारत एक हिन्दू राष्ट्र है, यह पूरी तरह सत्य है। दुनिया भारत के विश्व गुरु बनने का इंतजार कर रही है, लेकिन यह काम हमें ही करना होगा। हम सभी हिन्दू हैं और हमें अच्छा व सच्चा हिन्दू बनकर संगठित होना पड़ेगा। इसके बाद भूले-भटके लोगों को भी ध्यान आएगा और वे वापस होंगे। जात-पात के भेदभाव को मिटाकर समाज में समरसता का वातावरण बनाने की जरूरत है, ऐसा करने से भारत का भाग्य बदलते देर नहीं लगेगी।

लंबे विरोध के बाद संघ के लिए देश में अनुकूल माहौल बना है। समाज स्वयंसेवकों से बहुत अपेक्षा कर रहा है, लेकिन हमें वाहवाही में न रमकर जतन, परिश्रम से काम को आगे बढ़ाना है। संघ को न जानने वाले लोग स्वयंसेवक समागम को शक्ति प्रदर्शन कहते हैं, जबकि यह शक्ति दर्शन है। जब देश विश्व गुरु बनकर खड़ा होगा तो दुनिया में परिवर्तन आएगा। हिन्दुओं के जागने से ही विश्व जगेगा। हमारे देश को गद्दार लोगों ने ही चांदी की तश्तरी में परोसकर विदेशी आक्रांताओं को उपहार स्वरूप दिया था। हम अपने भेदों के कारण ही हारे। समाज में भेदों का पूर्ण रूप से निर्मूलन होना चाहिए।

बाकी दुनिया कहती है कि एक धर्म, एक भाषा से ही काम चलेगा। सबको एक बनाकर ही काम चलेगा। जबकि भारत कहता है कि सबका मूल एक है, सभी विविधताओं के साथ मिलकर चला जा सकता है, क्योंकि हम सभी हिन्दू हैं और अच्छा हिन्दू बनकर ही देश के लिए जीना चाहिए। हिन्दू संगठित होंगे तो भूले-भटके लोग भी वापस आ जाएंगे।

लोग कहते हैं कि संघ पैरामिलिट्री ऑर्गेनाइजेशन है, जबकि सत्य तो यह है कि संघ न तो पैरामिलिट्री ऑर्गेनाइजेशन है और न ही कोई राजनीतिक संगठन है। संघ को समझने के लिए लोगों को प्रचारक बनकर समाज को नई दिशा देने के लिए संघ के साथ दो-चार साल काम करना चाहिए। जब समाज काम करता है, तो परिवर्तन हो जाता है। परिवर्तन समाज के कारण आता है। सत्ता और प्रशासन परिवर्तन लाने में सहायक हो सकते हैं। हम जैसा देश चाहते हैं, तो अपने परिवार को भी वैसा ही बनाना होगा। समाज में वातावरण बनाने की जरूरत है। हर रोज समाज के लिए एक घंटा देने से भारत का भाग्य बदलने में देरी नहीं होगी और इससे दुनिया का भाग्य भी बदल जाएगा।

हिन्दुत्व अर्थात् सामाजिक सद्भाव व विकास

हिन्दुत्व ही एकमात्र रास्ता है, जो विविधता में सभी को समभाव से स्वीकार करता है। यदि देश को हिन्दू राष्ट्र बनाना है, तो पहले संघ के करीब आएं और उसे समझने का प्रयास करें। देश को बड़ा बनाने के लिए संसाधनों से ज्यादा देशभक्ति की भावना की जरूरत है। समृद्धि, सुरक्षा और विकास के लिए हमें पहले सबल बनना होगा। हमारा देश शक्ति संपन्न होगा, तभी हम सुरक्षित होंगे। अच्छा देश बनाने के लिए श्रेष्ठ नागरिकों का निर्माण जरूरी है।

देश को आगे बढ़ाने के लिए सभी प्रकार के भेदभाव को भुलाकर अपने लोगों को बड़ा बनाने का संस्कार चाहिए और संघ यही कार्य करता है। संघ न तो व्यायामशाला है, न अर्द्धसैनिक बल और न ही कोई पार्टी है। लोग अपनी-अपनी समझ में संघ को नापते रहते हैं। देशवासियों में संस्कार जगाने के अभियान में हम जुटे हैं। संघ क्या है, अनुभव से समझिए। संघ पिछले 90 वर्षों से समाज संगठन के काम में जुटा है। संघ के स्वयंसेवक बिना किसी सरकारी मदद के देश-भर में अनगिनत सेवा के कार्य चला रहे हैं। हिन्दुत्व ही सामाजिक सद्भाव व विकास का एकमात्र रास्ता है।

इजराइल से सीखना चाहिए

पूर्ववर्ती सरकारों ने देश के विकास में अपेक्षित इच्छाशक्ति से काम नहीं किया। यही वजह है कि हम स्वतंत्र तो हुए, पर दुःखों का भार कम नहीं हुआ। योजनाएं बनीं; पैसा खर्च हुआ; काम हुआ, पर हमें अपेक्षित परिणाम नहीं मिला। हमारी सीमा के शत्रु भी बाज नहीं आ रहे। इजराइल

को देखिए, वह छोटा-सा रेगिस्तानी और मुट्ठी-भर आबादी वाला देश, जो भारत के साथ ही अस्तित्व में आया। इसकी आजादी के साथ ही आठ पड़ोसी देशों ने इस पर हमला कर दिया। इस छोटे से देश ने पांच लड़ाइयां लड़ीं, अपनी मातृभूमि का डेढ़ गुना विस्तार किया और पुनः सिर उठाकर खड़ा हो गया। यह देश आज शक्ति-संपन्न व पूर्ण विकसित राष्ट्र बन गया है। वहां के नागरिकों (यहूदियों) की ओर देखने वालों की आंख भी सलामत नहीं रहती। इजराइल आज पूरी दुनिया को अन्न व फल की आपूर्ति कर रहा है। हमारे वैज्ञानिक भी इस रेतीली जमीनी और जलसंकट वाले देश की तकनीक सीखने जाते हैं। देश का विकास कैसा किया जाना चाहिए, यह हमें इजराइल को देखकर सीखना चाहिए।

हमें अपनी आत्मीयता की परिधि को बढ़ाना होगा

हमारे राष्ट्रीय जीवन का मूल आध्यात्मिक है, इसका वर्णन एक वाक्य में हो जाता है, तथापि इसका आचरण कठिन है। यही कारण है कि हमारा बहुत नुकसान हुआ है। हमें अपनी आत्मीयता की परिधि को बढ़ाना आवश्यक है। अनेक संप्रदाय और विभिन्न रीति-रिवाजों से रचा-बसा संसार सुंदर फूलों के गुलदस्ते की तरह है। हमारा देश भी विविधताओं से भरा है। विविधता में एकता यह अपने देश की संस्कृति है। विविधता में जब भेद उत्पन्न हो जाते हैं, तो पतन का मार्ग प्रशस्त होता है,जबकि एकता का भाव रहने पर राष्ट्र विश्वगुरु पद पर आरूढ़ हो सकता है। यही कारण है कि विविधता में एकता ही हमारी विशेषता है और 'वसुधैव कुटम्बकम' के संदेश को सारी दुनिया तक पहुंचाने का हम संकल्प करें। पंथ-संप्रदाय हमें सदाचार सिखाते हैं और सबके एक साथ आने से इसे बल मिलता है। हम एक-दूसरे के सुख-दुःख में काम आएं, इसी में इसकी सार्थकता है। गोविंदप्रभु, चक्रधर स्वामी जैसे युगपुरुष, पथ प्रदर्शक हमें मिले हैं; उनके संदेशों की आज समाज को महती आवश्यकता है; क्योंकि उनका उपदेश केवल महानुभावों के लिए नहीं था, वरन् सभी के लिए था।

युवा पीढ़ी को दें भारतीय संस्कृति की शिक्षा

भारत की युवा पीढ़ी को ज्ञानवान व विवेकवान बनाना है, इसके लिए प्रत्येक माता-पिता को अपने घर में अपनी परंपरागत संस्कृति का अनुपालन करना होगा अन्यथा अपने ही बच्चे हमें भूल जाएंगे। आज संस्कारों की शिक्षा घरों से दूर जा रही है, जिसे बरकरार रखने की आवश्यकता है। अगर ऐसा ही हाल रहा, तो अपनी ही संतान उसके पिता के बुढ़ापे का

सहारा नहीं बनेगी। जो आदमी अपना दायरा नहीं बढ़ाता है, वह आदमी नहीं कहलाता है। जो आदमी अपने को अलग मानता है, वह अपने स्वार्थ के लिए दूसरों को नुकसान पहुंचाता है, तब वह पशु समान बन जाता है। लेकिन पशु भी पर्यावरण का ख्याल रखते हैं। विद्या की देवी मां सरस्वती समस्त संसार को सुख-सुविधा से संपन्न करती है। शिक्षा प्रकाश के समान है, जो मनुष्य के आंतरिक गुणों को प्रस्फुटित करती है।

भारतीय विचारों का प्रसार जरूरी

यदि सत्य का उद्‌घाटन भगवाकरण है, तो भगवाकरण होना चाहिए। विश्व की तमाम समस्याओं के निराकरण के लिए भारतीय विचारों का प्रसार जरूरी है। कालांतर में सुनियोजित तरीके से लोगों के दिलो-दिमाग से विचारों को मिटाने का प्रयास किया गया। हमारी प्रज्ञा नष्ट करने के लिए शिक्षा पद्धति को विकृत किया गया। स्वतंत्रता के बाद की राजनीतिक धारा आम जनमानस को जाग्रत करने में सहयोग नहीं कर पाई। इसके बावजूद भारत अपनी सांस्कृतिक विशेषताओं के कारण टिका रहा। भारत की अनेकता में एकता वाली संस्कृति के चलते बाहर से आए पंथ-संप्रदाय भी भारतीय संस्कृति से प्रभावित हुए बिना नहीं रह सके। यद्यपि देश के हर नागरिक को जाग्रत करना संभव नहीं, लेकिन अनुकरणीय व्यक्तियों के उन्नत आचरण से सीखकर समाज की स्थिति बेहतर की जा सकती है।

महिलाएं स्वावलंबी बनें

महिलाएं परिवार और समाज की मुख्य धुरी होती हैं। महिलाओं के बिना समाज की कल्पना नहीं की जा सकती है। समाज जीवन के हर क्षेत्र में महिलाओं की बहुत ही अहम भूमिका रहती है। महिलाओं की सहभागिता से ही परिवार मजबूत बनता है, इसलिए इस दिशा में महिलाओं को अपनी सक्रियता बढ़ानी होगी। प्रत्येक परिवार में संस्कारों का सिंचन आज की महती आवश्यकता है। इसके लिए स्वयं को संस्कारक्षम बनाकर अपने बच्चों को संस्कारवान बनाने में महिलाओं को अधिक सक्रिय होना होगा।

महिलाओं को अपने परिवार की निर्णय प्रक्रिया में आगे आना चाहिए। वे अपने परिवार के बड़े-बुजुर्गों के साथ बैठें; बातचीत करें; उनकी सुनें, अपनी बात कहें और इस तरह से आपसी संवाद से मिलकर कुटुंब व्यवस्था को मजबूत बनाएं।

हमारे देश में नारी के सम्मान को प्राचीनकाल से सर्वोपरि माना गया है। आज भी हम नदी, भूमि, गाय आदि को मां कहकर पुकारते हैं। ये हमारे

संस्कार हैं। आज इन संस्कारों की अवहेलना हो रही है, अतः पुरुष वर्ग में प्रबोधन की आवश्यकता है। वर्तमान समय में महिला सशक्तिकरण की बातें होती हैं, पर हम यह भूल जाते हैं कि महिलाएं स्वयं शक्ति स्वरूपा हैं।

संघ चाहता है महिलाएं स्वावलंबी बनें व समाज का नेतृत्व करें। महिलाएं जिस क्षेत्र में काम कर रही हैं, वहीं मजबूती के साथ आगे बढ़कर नेतृत्व करें। महिलाओं को पुरुषों पर निर्भर रहने की बजाय अपनी निर्णय क्षमता स्वयं साबित करनी होगी। महिलाओं को समय के साथ आगे बढ़ने की आवश्यकता है। इसलिए वे पुरुषों का रास्ता न देखें कि वे मदद करेंगे। महिलाएं और ताकत के साथ आगे बढ़ें। यही आज की आवश्यकता है।

सत्य पर आधारित जीवन

मनुष्य को अपना और अन्य जीवों का कल्याण करना है, तो उसे सत्य पर आधारित जीवन जीना होगा। सत्य है कि आत्मा एक है और यही आत्मा परमात्मा है। यही आत्मा हर जीव में विद्यमान है। परमात्मा की सेवा करना ही हमारा लक्ष्य है। इसलिए सारी दुनिया के सुख के लिए हमारा जीवन है। जब हम ऐसा करते हैं, तो हमारा जीवन उपयोगी होता है, सुख देता है और दुनिया का भी भला करता है। हिन्दू वही है, जो सबके सुख और उन्नति की कामना करता है तथा सृष्टि के सभी जीवों को समान भाव से देखता है।

कीर्तन का महत्त्व

हमारे राष्ट्र और कीर्तन परंपरा का जन्म कब हुआ, यह कोई नहीं बता सकता, क्योंकि हमारा देश और यहां की कीर्तन परंपरा बहुत प्राचीन है। राष्ट्र और कीर्तन दोनों का प्रयोजन भिन्न नहीं है। हमारा राष्ट्र आध्यात्मिक है और कीर्तन के प्रबोधन की मूल भावना समाज में अध्यात्म का जागरण करना है। इसलिए कीर्तन राष्ट्रीय है। अध्यात्म को कैसे जीना, यह सिखाना भारत का प्रयोजन है। इस प्रयोजन की सिद्धि का सहज, सरल और लोकप्रिय माध्यम कीर्तन है। स्वाकी विवेकानंद ने कहा था– 'प्रत्येक राष्ट्र का लक्ष्य विधाता द्वारा पूर्व निर्धारित है। प्रत्येक राष्ट्र के पास संसार को देने के लिए कोई–न–कोई संदेश है। इसलिए हमें अपने राष्ट्र के प्रयोजन को समझना होगा और उसके अनुसार ही कार्य करना होगा। भारत का प्रयोजन दुनिया को अध्यात्म का संदेश देना है।'

केवल जानकारी देना यह कीर्तन का उद्देश्य नहीं है। कीर्तन समाज में भक्ति का जागरण करता है। समाज प्रबोधन का कार्य यदि प्रत्येक

परिवार में हो तो वह राष्ट्रीय चरित्र के निर्माण में सहायक होता है। पहले भजन-कीर्तन में पूरा परिवार शामिल होता था। यही कारण है कि शिवाजी महाराज के निधन के पश्चात् भी औरंगजेब 30 साल तक आक्रमण करके भी महाराष्ट्र को जीत नहीं सका। इसलिए समाज में व्यक्तिगत चरित्र के साथ राष्ट्रीय चरित्र का प्रबोधन किया जाना चाहिए। कीर्तनकार में यदि इस राष्ट्रीय चरित्र का अभाव रहा तो कीर्तन शुष्क हो जाता है, उसमें कोई रस नहीं रहता। प्रबोधन से केवल जानकारी मिलना काफी नहीं है। विचारों को बुद्धि आत्मसात करें, हृदय में उतारें और वह स्वयं के आचरण में प्रगट होना चाहिए। प्रबोधन में भाव के साथ व्यावहारिक अनुभवों की महती आवश्यकता होती है, अन्यथा ज्ञान केवल जानकारी की पोथी बनकर रह जाता है। इसलिए संत कबीर ने कहा कि– 'पोथी पढ़ि-पढ़ि जग मुआ, पंडित भया न कोय। ढाई आखर प्रेम का, पढ़े सो पंडित होय।'

एकता की शक्ति

दुनिया में एकता की कुछ शर्तें हैं, किन्तु भारत में देश के प्रति मातृभूमि का भाव एकता का सूत्र है। इस भाव को जब-जब हम भूल जाते हैं, विदेशियों ने विजय प्राप्त कर हमें गुलाम बनाया। इसलिए 1,000 साल के उस वक्त को भूलकर हमें संघ के कार्य को आगे बढ़ाना चाहिए। हमारा देश विविधता से भरा हुआ है, इसे स्वीकार करो, एकता को पहचानो। सबको साथ लेकर संघ कार्य को बढ़ाएं, क्योंकि संघ का कार्य लोगों को जोड़ना है। लोग जुड़ेंगे तो देश बढ़ेगा। इसके लिए हमें जात-पात, क्षेत्र, धर्म के भेद को छोड़कर संगठन के कार्य को बढ़ाना होगा। संघ के मर्म को समझकर समर्थ भारत का निर्माण करना है। संघ का काम यंत्रवत नहीं होना चाहिए, वरन् विचार के साथ हो, क्योंकि इससे नुकसान होता है। संघ की शाखाओं का उद्देश्य ऐसे कार्यकर्ताओं का निर्माण करना है, जो देने के भाव से आएं, निस्वार्थ भाव से काम कर सकें। क्योंकि दिशावान कार्यकर्ता ही हर क्षेत्र में संगठन को आगे बढ़ा सकता है। भारत की प्रशस्ति रामायण, महाभारत, पुराणों तथा वेदों में पढ़ने को मिलती है। हमारी संस्कृति हमें आपस में जोड़ने वाली है। हम सभी को मिल-जुलकर रहते हुए सभी के हित का विचार करते रहना चाहिए।

महिलाओं का सम्मान करें

देश में होने वाले बलात्कार और यौन उत्पीड़न चिंता का विषय है। इसे रोकने के लिए कड़े कानून बनाए जाने चाहिए और संघ इस तरह के

अपराधों के खिलाफ बने कानूनों का समर्थन करेगा। इन घटनाओं को रोकने के लिए मानसिकता में भी बदलाव की जरूरत है। जब तक मानसिकता नहीं बदलेगी, तब तक कुछ नहीं होगा। बलात्कार को रोकने के लिए कानून बनाने वाले भी इसी समाज से आते हैं, अतः सोच में बदलाव जरूरी है। महिलाओं का गौण स्थान भारत की परंपरा नहीं है, अपितु भारत में सदियों से महिलाओं को उच्च स्थान दिए जाने की संरचना रही है।

सिद्धांतों को व्यवहार में उतारना जरूरी

हम भारतवासियों को यह सुनिश्चित करना होगा कि कर्मकांड बेड़ी न बनें। यह तभी संभव है जब सिद्धांत को व्यवहार में उतारा जाए। जो हम मंच से भाषण में कहते हैं, वह हमारे व्यवहार में भी रहे। समस्याओं के समाधान के लिए बार-बार पश्चिम की ओर देखने की प्रवृत्ति भी ठीक नहीं। हम आध्यात्मिकता भूले तो नैतिक सरोकार भी समाप्त हो गया। यही नियमबद्ध कल्याणकारी जीवन समाप्त होने का कारण है। हमें अपने कल्याण के लिए कहीं बाहर देखने की आवश्यकता नहीं है। कल्याण के लिए हमें अपनी परंपराओं की तरफ ठीक से देखना है और उसे व्यवहार में उतारना है। धर्म का स्वरूप केवल किताबों तक सीमित नहीं हो, बल्कि इसे आचरण में होना चाहिए। हम केवल कर्मकांड में आबद्ध होकर रह गए हैं। समृद्धि में भोग को अपनाने व त्याग का भाव छोड़ने की प्रवृत्ति से ही बर्बरता का आचरण सामने आता है। व्यक्ति, समाज व सृष्टि सबके कल्याण का आचरण ही धर्म है।

भारत को जानना जरूरी

भारत की गौरवशाली परंपरा रही है, इसी गौरवशाली परंपरा के कारण ही आज भारत का बड़ा और शक्तिशाली होना विश्व की जरूरत है। हमारी सांस्कृतिक धरोहर के कारण ही हम अनेक कालचक्रों का सामना करते हुए टिके रहे। इसका कारण हमारी महान सांस्कृतिक परंपरा है। हमने कभी किसी संस्कृति को नहीं नकारा। हमारी समन्यवादी परंपरा रही है। इसलिए हमने सभी क्षेत्रों में अनेक कीर्तिमान स्थापित किए हैं। ज्ञान-विज्ञान को प्रारंभ करने का श्रेय भारत को जाता है। खेती हो, विज्ञान हो या अध्यात्म, हम हर क्षेत्र में आगे रहे हैं, चाहे बात लौह स्तंभ की हो या स्टेनलेस स्टील बनाने की। हमारे उत्पाद उच्चकोटि के हैं, जिसका लोहा बड़ी-बड़ी कंपनियां भी मानती है। हमने विश्व को ज्ञान दिया। इतना ही नहीं, ज्ञान को विश्व में हर किसी तक पहुंचाने के लिए बलिदान देने से भी भारत के

लोग पीछे नहीं रहे। भारत की परंपरा धर्म आधारित, अर्थ, काम और मोक्ष की परंपरा रही है। हम सबसे पहले अपने भारत को जानें; किसी भी देश को समझने के लिए उसे केवल भौगोलिक दृष्टि से समझना पर्याप्त नहीं होता; अपितु उसकी अस्मिता के मूल स्रोत और उसकी वैज्ञानिक दृष्टि, सांस्कृतिक मूल्य एवं उज्ज्वल परंपरा को जानना तथा देश के जनमानस की भावनाओं को समझना जरूरी होता है।

भारत को जाने बिना इसका काम कैसे होगा, इसलिए यह आवश्यक है कि देश के लिए कार्य करने से पहले भारत को जानें।

भाषा पर राजनीति नहीं

भारत में सभी को किसी भी भाषा में बातचीत करने का संवैधानिक अधिकार है। भाषा के मुद्दे पर राजनीति करके देश में सौहार्द का माहौल खराब नहीं करना चाहिए। महाराष्ट्र में मराठी मानुष एवं भाषा संबंधी विवादों को उठाकर देश की एकता और अखंडता पर प्रहार करना शर्मनाक है। जो कोई भी मराठी मानुष और मराठी भाषा के मुद्दे पर विवाद खड़ा करने की कोशिश करता है, उसे सबसे पहले देश की एकता का सम्मान करना चाहिए। मराठी मुद्दे पर राजनीति न करें।

गंगा

गंगा हिन्दुओं की आस्था से जुड़ी पवित्र नदी है। गंगा हिंदुओं की आस्था का प्रतीक है और इसे अविरल रखना चाहिए। गंगा की अविरलता के साथ छेड़छाड़ ठीक नहीं है। गंगा की अविरलता से ही इसकी पवित्रता संभव है।

कश्मीर

जम्मू, लेह, लद्दाख व कश्मीर घाटी के प्रशासनिक व विकास से जुड़े मामलों में भेदभाव को समाप्त किया जाना चाहिए और सभी इलाकों को देश के अन्य क्षेत्रों के समकक्ष लाया जाना चाहिए। कश्मीर छोड़ने पर विवश हुए हिन्दुओं की वापसी के लिए अनुकूल माहौल बनाया जाना चाहिए, जिससे सम्मान के साथ घाटी में अपने घरों में उनकी वापसी सुनिश्चित की जा सके। देश के विभाजन के समय जिन लोगों ने जम्मू-कश्मीर में शरण ली, उन लोगों को राज्य की नागरिकता प्रदान की जानी चाहिए।

पाक कब्जे वाले कश्मीर को मुक्त कराया जाए। राज्य व केंद्र में शासन कर रहे सत्ता पसंद राजनीतिक दलों की ओर से राष्ट्रीय हितों से जुड़े

विषयों को नजरअंदाज किया जा रहा है और वे लगातार विदेशी ताकतों के दबाव के सामने झुकते रहे हैं। घुसपैठियों की पहचान कर उनका नाम मतदाता सूची व राशन कार्ड से हटाया जाना चाहिए। कोर्ट के दिशा-निर्देशों के तहत एक राष्ट्रीय रजिस्टर तैयार करने की व्यवस्था की जानी चाहिए, जिसमें जन्म स्थान, नागरिकता का जिक्र किया जाए।

समन्वय जरूरी है

एक अकेली लकड़ी को तो कोई भी तोड़ सकता है, लेकिन जब वही लकड़ियां गट्ठर में बंध जाती हैं, तो उसे कोई तोड़ नहीं सकता है। चाहे राम जन्मभूमि का मुद्दा हो या सेतुसमुद्रम योजना अथवा हाल ही में हुए लोकसभा चुनाव। सभी के परिणाम से पूरा विश्व अवगत है। हमें आगे भी सभी राष्ट्रीय मुद्दों पर एकजुट होकर खड़ा होना है, तब ही जाकर संघ का ध्येय और लक्ष्य परिलक्षित होगा। इसके लिए हमें करना यह है कि संघ के जितने भी अनुषंगिक संगठन हैं, वह आपस में बैठकें करें, एक-दूसरे के साथ आपस में संपर्क में रहें, एक-दूसरे के घर आना-जाना रखें। कोई भी मुद्दा आए तो एक साथ उसके पक्ष या विपक्ष में खड़े हो जाएं। ऐसे काम करें, जिसमें संघ की नीतियों की छाप उजागर हो। तालमेल के अभाव से देश को कई बार नुकसान पहुंच चुका है, इसलिए आपसी समन्वय होना अत्यंत जरूरी है।

समाज में गैर बराबरी होने पर आरक्षण जरूरी

भागवत ने आरक्षण पर संघ की सोच को स्पष्ट करते हुए कहा है– वर्ष 1980 के दशक में संघ ने आरक्षण के संबंध में प्रस्ताव पारित किया था। जब वह प्रस्ताव रखा गया था, तो उसमें पक्ष-विपक्ष में लगातार दो दिन बहस हुई थी। अंत में संघ के तृतीय सरसंघचालक बाला साहब देवरस ने कहा कि– '2000 वर्ष तक इस वर्ग की उपेक्षा और प्रताड़ना हुई है। आप उस परिवार में पैदा हुए हैं, यह सोचकर प्रस्ताव पर विचार कीजिए।' तब वह प्रस्ताव मात्र 15 मिनट में पारित हो गया।

हम आरक्षण का समर्थन करते हैं। जब तक समाज में गैर बराबरी है, आरक्षण जरूरी है। जो लोग इस असमानता से पीड़ित हैं, उन्हें बराबर लाने के लिए आरक्षण चाहिए। लेकिन इस पर कोई राजनीति नहीं होनी चाहिए। आरक्षण का आधार जाति या धर्म नहीं होना चाहिए।

एक हजार साल तक देश के दबे-कुचले वर्ग ने देश हित के लिए अन्याय सहा। जिन कारणों से उन्होंने अन्याय सहा, अब आजाद हो जाने

के बाद वे कारण मौजूद नहीं है। अब हमारा फर्ज है कि उन्हें बराबरी पर लगाएं और इसके लिए अगर किसी को 100 साल तक भी अन्याय सहना पड़े तो सहे। जो समाज विकास चाहता है, वह इस तरह के हालात को ज्यादा समय तक चलने नहीं दे सकता। बराबरी का यह लक्ष्य आजादी के बाद ही हासिल कर लिया जाना चाहिए था।

अद्भुत है महापुरुषों के जीवन दर्शन

महापुरुषों के विचार, साधना और अनुभव की बुनियाद पर आधारित होने के कारण शाश्वत होते हैं, इसलिए उनका जीवन-दर्शन हर पीढ़ी में बदलाव लाने की क्षमता रखता है। महापुरुषों के जीवन-दर्शन के शब्द उनकी साधना होते हैं। उनके जीवन-दर्शन से पूरी दुनिया का खोया हुआ सुख वापस आ सकता है, समाज में परिवर्तन लाकर उसकी दिशा और दशा को बदल सकता है। यदि उनके विचारों को उनके जीवन-दर्शन के जरिए जीवन में उतारा जाता है, तो इससे बड़े-से-बड़े संकट का भी हल निकल सकता है।

विज्ञान से बड़ा है वेद

विज्ञान से अधिक सत्य वेद बताते हैं। आज का विज्ञान वेदों में बताए गए विज्ञान की ऊंचाइयों को नहीं छू पाया है। विज्ञान एक सीमा से आगे नहीं जा सकता, किन्तु वेदों में उससे भी आगे जाने की क्षमता है। मनुष्य के हृदय में यह कौतूहल बना हुआ है कि आखिर संसार है क्या? सृष्टि की रचनाएं, सभ्यता एवं संस्कृति के विकास का क्रम कैसे और किस प्रकार बना? सृष्टि का विनाश कब, कैसे और किस रूप में होने वाला है? इन सवालों का जवाब शायद ही विज्ञान दे पाए। वेद ज्ञान का वह प्रकाश पुंज है, जिससे अखंड, अनंत, अपरिचित ज्ञान बोध होता है, जिसको सृष्टि के ऋषियों ने आत्मसात किया था। विश्व की प्राचीनतम मानव सभ्यता के युग से आधुनिक सभ्यता, संस्कृति एवं वैज्ञानिक आविष्कारों का मुख्य आधार भूमंडल में स्थित प्रमुख चार अवयव–जल, अग्नि, वायु और मृदा है। इन चारों वस्तुओं का विषद ज्ञान ही वेद है। स्वामी विवेकानंद ने कहा था कि–'भारत के एक कण में भी जब तक धर्म जीवित है, तब तक कोई भी भारत को मिटा नहीं सकता।' भारत की इसी विशेषता के कारण बीच के 2000 वर्षों तक इन विशेषताओं को मिटाने की कोशिश की गई, किन्तु यहां की संस्कृति की जड़ें इतनी गहरी हैं कि कोई इसमें सफल

नहीं हो सका। वर्तमान में संत, आचार्य और विद्वानों को बैठकर देश, काल, परिस्थितियों के अनुरूप वेदों की व्याख्या करनी चाहिए, जिससे संपूर्ण सृष्टि के कल्याण का जो स्रोत भारत के पास है, उसे विश्व को दिया जा सके। आगामी 25 साल में हमें देश के हर व्यक्ति के मन में वेद को व्याप्त करना है। वेदों ने मन का ही उपयोग कर धीरे-धीरे उस सत्य तक पहुंचने की कोशिश की, जिससे सारी सृष्टि दिखती है। भारत की पहचान वेद दर्शन और संस्कृति ही है। यदि भारत में ये दोनों न हों तो भारत के बाहर का कोई व्यक्ति उसे भारत नहीं कहेगा अर्थात् भारत की पहचान इन्हीं से है।

सामाजिक और पारिवारिक मूल्यों को दृढ़ बनाना जरूरी

सबको मंदिर में प्रवेश मिले। समाज के अंतिम व्यक्ति तक समरसता की अनुभूति हो, इस ओर प्रयास होना चाहिए। यदि ऐसा नहीं हुआ तो समाज को तोड़ने वाली ताकतें अधिक प्रभावी होंगी। इसके लिए जात-बिरादरी के प्रमुखों तथा संत समाज को अधिक प्रयत्न करने होंगे। देव कारकुनों का संरक्षण भी जरूरी है। देव संस्कृति ही हिन्दू संस्कृति है। जब देव संस्कृति प्रभावी थी, तब विश्व में युद्ध नहीं होते थे। पर्यावरण भी शुद्ध था। हमने अपनी संस्कृति को छोड़ा, इसलिए समस्याएं बढ़ी। सभी पंथ-संप्रदाय एकजुट होकर चलें, तभी भारत सुरक्षित रहेगा। परिवार व्यवस्था में क्षरण और पारिवारिक मूल्यों में आ रही गिरावट को रोकने हेतु इसे सुदृढ़ बनाने के लिए प्रत्येक परिवार को सप्ताह में कम-से-कम एक बार सामूहिक भोजन, भजन और खुलकर चर्चा करनी चाहिए। बच्चों को अपनी संस्कृति का ज्ञान और गौरव बताएंगे तो वह कभी भटकेंगे नहीं।

समाज अपनी मर्जी से बदलता है

समाज कानून से नहीं, अपनी मर्जी से बदलता है। जिस पर भरोसा करता है, जिसे अपना मानता है, उसके पीछे चलता है। संघ की शाखा के जरिए समाज को एकजुट करने का काम होता है। संघ के स्वयंसेवक इस बात की चिंता न करें कि उनके काम के बारे में लोग क्या कह रहे हैं, बल्कि यह सोचें कि उनका काम ईश्वरीय है। ऐसा सोचेंगे तो काम की छोटी-छोटी बारीकियों पर ध्यान देंगे। सोच-समझकर श्रेष्ठतम काम करेंगे। संघ में स्वार्थ नहीं है। शुद्ध सात्विक प्रेम इसका आधार है। यही वजह है कि अनेक अच्छे लोग निःस्वार्थ भाव से लगे हैं। सारे समाज को लेकर

अच्छाई के मार्ग पर चलें। संघ का एक ही काम है भारत को परमवैभव की ओर ले जाना और भव्य देश व दुनिया का निर्माण करना। यह काम कठिन है, लेकिन असंभव नहीं। स्थापना के बाद से अब तक के प्रयासों से राष्ट्रीय स्वयंसेवक संघ के काम का भव्य स्वरूप देश और दुनिया को दिखने लगा है। दुनिया का वजूद, भाईचारा और भव्यता के लिए भारत का सर्वांग संपन्न होकर बढ़ना और टिके रहना जरूरी है। देश व दुनिया के जिस स्वरूप की बात की जा रही है, उसका निर्माण सिर्फ एकजुट हिन्दू के द्वारा ही संभव है। इस सबका आधार संघ की शुद्धता है।

देश में बढ़ते कट्टरपंथ के लिए धर्मांतरण दोषी

हमारी संस्कृति में कट्टरता के लिए कोई स्थान नहीं है। धर्मांतरण के कारण देश में ऐसे राष्ट्रविरोधी तत्व खड़े हो गए, जो देश को नुकसान पहुंचा रहे हैं। सामाजिक मजबूती की पहली शर्त सामाजिक समरसता है। हमें इसको मजबूत करने की आवश्यकता है। जहां भी हमारी समरसता की कड़ी कमजोर होगी, वहीं समाज को तोड़ने वाली शक्तियां प्रभावी हो जाएंगी। देश में सामाजिक सद्भावना बढ़ाने के लिए सभी सामाजिक और धार्मिक संगठनों को आपसी संवाद बढ़ाना होगा और मिलजुलकर कार्य करना होगा। एकात्मता के विचार को हमें आचरण में उतारना होगा। हिन्दू संस्कृति में आ रही गिरावट चिंताजनक है, क्योंकि पारिवारिक मूल्यों में आ रही गिरावट के चलते हिन्दू समाज में कमजोरी आ रही है। इससे बचने के लिए हमें इस व्यवस्था की मजबूती के लिए लगना होगा। संघ के कार्यकर्ता समाज के विभिन्न क्षेत्रों में सामाजिक सद्भावना एवं समता युक्त समाज बनाने के लिए काम कर रहे हैं। इससे ही समाज में भाईचारा कायम होगा। देश में परिवार की व्यवस्था का स्वरूप बदल रहा है। एकल परिवारों की संख्या धीरे-धीरे बढ़ रही है और जीवन मूल्यों का क्षरण हो रहा है। इससे आपसी सहयोग की भावना भी कम हो रही है। इससे निपटने के लिए परिवार प्रबोधन जनजागरण की जरूरत है। देश में बढ़ते कट्टरपंथ के लिए धर्मांतरण दोषी है।

मोहन भागवत के अनमोल वचन

- हम हमारे जीवन में, एक-दूसरे के मतभेदों को, जो कुछ भी विविधता होगी, उसे आपसी सद्भावना और प्यार के साथ स्वीकार करेंगे, हम एक ऐसे ही भारत का सपना देख रहे हैं।
- विभिन्न जाति, धर्म, समुदायों, पूजा, रहने, भोजन, संस्कृति, अलग दृष्टि के तरीके महत्त्वपूर्ण नहीं हैं और वे मौजूद रहेंगे। हमें एक के रूप में हर किसी को स्वीकार करना चाहिए और सभी को समान रूप से सम्मान दिया जाना चाहिए।
- आत्म केंद्रित सामूहिक लालच, शोषण, दमन, हिंसा और कट्टरता को जन्म देता है।
- सबकी सेवा और सबका विकास यही सनातन धर्म का मूलमंत्र है। देश को धर्म और संस्कृति ने हमेशा से जोड़ने का काम किया है, तोड़ने का नहीं।
- संघ जैसा संगठन दुनिया में कोई नहीं है और उसे समझने के लिए दृष्टि तथा जिज्ञासा चाहिए। अगर संघ को समझना है, तो युवा शाखा आएं।
- मैं हमेशा यह जानने का प्रयास करता हूं कि हिन्दू समाज के मन में क्या है? भारत के बिना हिन्दू और हिन्दू के बिना भारत की कल्पना नहीं की जा सकती।
- विविधता में अनुबंध के आधार पर नहीं, अपितु स्वीकार्यता के आधार पर साथ रहना चाहिए। जीवन का आधुनिक सिद्धांत कहता है कि हमें एक-दूसरे को सहन (बर्दाश्त) करना चाहिए, जबकि अनुभव के आधार पर हमारी पुरातन संस्कृति हमें एक-दूसरे को स्वीकार करना सिखाती है।
- देश में भावनात्मक एकात्मता को मजबूत करने के लिए हमें वनवासियों के बीच जाना होगा, यह हमारा राष्ट्रीय कर्त्तव्य है।
- विश्व कल्याण के लिए सभी को साथ लेकर आगे बढ़ना होगा।

पूरा विश्व एक ही है, अलग-अलग हिस्सा नहीं। इसलिए विश्व कल्याण के लिए हम सभी को एक-दूसरे तथा प्रत्येक वस्तु की चिंता करनी होगी। हमें स्वीकार्यता का भाव जाग्रत करना होगा।

- भारत में कोई अल्पसंख्यक नहीं है, यहां सभी लोग सांस्कृतिक, राष्ट्रीयता और डीएनए से हिन्दू हैं। संघ किसी को भी अल्पसंख्यक नहीं मानता है। लोग जिसे तथाकथित अल्पसंख्यक कहते हैं, संघ शाखाओं में वे पहले से हैं और वे स्वयंसेवक हैं।
- हमारी भारतीय संस्कृति सबको साथ लेकर चलती है और इस संस्कृति को ही हिन्दू कहते हैं। हम सबको अपनी विविधताओं, विशेषताओं को बनाए रखते हुए एक साथ खड़ा होना होगा, तब ही अपना देश दुनिया को रास्ता दिखा सकता है।
- अनुकूलता व प्रतिकूलता चलती रहती है। यदि हमारा समाज स्थिर है, तो हम पर परिस्थितियों का कोई अंतर नहीं पड़ेगा। जो बताना है, उसको खुद करो। रोना निराशामयी विकल्प है। परिस्थिति को पार करने के लिए, वह पहले खुद करो, फिर दूसरे को सिखाओ। अंधेरे से लड़ने की जरूरत नहीं, एक दीप जलाओ अंधेरा भाग जाएगा। परिस्थिति से निपटने के लिए उसमें से होकर गुजरना होगा।
- जैन, सिख और बौद्ध को अल्पसंख्यक बताना साजिश है। संघ इन्हें हिन्दुओं से अलग नहीं मानता। भारत में राष्ट्र की अवधारणा हमारी सांस्कृतिक पहचान से ही बनी है, वह लोगों को जोड़ती है।
- हिन्दुत्व का विचार ही विश्व का एकमात्र विचार है, जो सभी लोगों को साथ लाता है। सभी विविधताओं के बीच मौलिक एकता भारत का सार है।
- भारत एक हिन्दू राष्ट्र है और देश में सभी हिन्दुओं को संगठित करने की आवश्यकता है। कवि रवींद्रनाथ ठाकुर ने कहा था कि- 'जब कभी हिन्दुओं और मुसलमानों के बीच संघर्ष होगा तो एक बीच का रास्ता निकलेगा और यह रास्ता हिन्दुत्व होगा।' हिन्दुस्तान एक हिन्दू राष्ट्र है, जो एक तथ्य है। हम इसके (विचार) साथ आगे बढ़ रहे हैं।
- यद्यपि देश के हर नागरिक को जाग्रत करना संभव नहीं, लेकिन अनुकरणीय व्यक्तियों के उन्नत आचरण से सीखकर समाज की स्थिति बेहतर की जा सकती है।
- देश को सुखी और समृद्ध बनाना है, तो सभी को जागना होगा। मतभेद हो सकते हैं, पर मनभेद न हों। सभी मिलकर राष्ट्र-विकास के भागीदार बनें।

- यदि समाज सत्ता सौंप निश्चित होकर सो जाए तो देश में संपूर्ण बदलाव नहीं होगा। यदि देश में संपूर्ण परिवर्तन चाहिए तो समाज को सदैव जागरूक रहना होगा। समाज जागरूक रहा तो यह परिवर्तन चिरस्थायी हो सकता है।
- समाज ही शासक को गढ़ने का काम करता है। लेकिन केवल शासकों से सारी उम्मीदें नहीं की जानी चाहिए, उनकी कुछ मर्यादाएं होती हैं।
- महिलाओं को पुरुषों पर निर्भर रहने की बजाय उन्हें अपनी निर्णय क्षमता साबित करनी होगी। महिलाओं को समय के साथ आगे बढ़ने की आवश्यकता है। वे और ताकत के साथ आगे बढ़ें, यही आज की आवश्यकता है।
- विश्व की तमाम समस्याओं के निराकरण के लिए भारतीय विचारों का प्रसार जरूरी है।
- शिक्षा प्रकाश के समान है, जो मनुष्य के आंतरिक गुणों को प्रस्फुटित करता है।
- शिक्षा सस्ती या महंगी नहीं होती, बल्कि अमूल्य होती है। इसका कोई मूल्य नहीं होता।
- वर्तमान समय में महिला सशक्तिकरण की बातें होती हैं, पर हम यह भूल जाते हैं कि महिलाएं स्वयं शक्ति स्वरूपा हैं।
- प्राप्त परिस्थिति का वीरता के साथ सामना करते हुए, अपने जीवन को सार्थक बनाते हुए, समाज में उस सार्थकता की परंपरा बनाने वाला प्रकाश देने का जीवन हमें भगवद्गीता से मिलता है।
- भारत की अद्वितीयता विविधता की संस्कृति में निहित है।
- सभी भारतीयों की सांस्कृतिक पहचान हिन्दुत्व है और देश के वर्तमान निवासी इस महान संस्कृति के वंशज हैं।
- भारत अब विश्वगुरुत्व के कगार पर खड़ा है, उस दिशा में कुछ पग बढ़ाना पर्याप्त नहीं है। हम सबको एक साथ एक दिशा में चलना होगा, तभी हम विश्व गुरु का स्थान प्राप्त कर सकते हैं।
- इतिहास को शायद पुरातत्व में ढूंढेंगे तो नहीं पाओगे। इसे तो सिर्फ इतिहास बोध से ही प्राप्त किया जा सकता है। आज इतिहास के पुनर्लेखन की आवश्यकता है।
- संस्कार का किताबों या पाठ्यक्रम में होना उतना जरूरी नहीं, जितना कि शिक्षक में होना जरूरी है, क्योंकि शिक्षक से संस्कार सीधे विद्यार्थियों में जाता है। इसलिए शिक्षक सिर्फ वेतनभोगी शिक्षक न

रहे, वह संस्कार वाला हो, इसका ध्यान रखना जरूरी है।

- स्वतंत्रता, अधिकार और समता की बातें होती हैं, पर समाज जीवन में बंधुता का भाव न हो तो समाज में सुधार नहीं हो सकेगा। इसलिए आवश्यक है कि समाज के सभी वर्गों में बंधुत्व का भाव होना चाहिए। यही वह सूत्र है, जो समाज को जोड़ सकता है।
- जिस सत्य के साथ शक्ति होती है, उसे प्रचार की आवश्यकता नहीं पड़ती।
- महिलाओं को अपने परिवार की निर्णय प्रक्रिया में आगे आना चाहिए। महिलाओं की सहभागिता से ही परिवार मजबूत बनता है।
- शिक्षा द्वारा प्रत्येक मनुष्य के अंदर राष्ट्रीय विचारों का निर्माण होना चाहिए। प्रत्येक मनुष्य को अपने देश की स्थिति के बारे में जागरूक रहना चाहिए।
- हमारा राष्ट्र आध्यात्मिक है और कीर्तन परंपरा के प्रबोधन की मूल भावना समाज में अध्यात्म का जागरण करना है।
- प्रबोधन में भाव के साथ व्यावहारिक अनुभवों की महती आवश्यकता होती है, अन्यथा ज्ञान केवल जानकारी की पोथी बनकर रह जाता है।
- हिन्दुत्व हिन्दुत्व की विरासत है, जागीर नहीं। भारत के लोगों ने हिन्दुत्व को अपनी जागीर नहीं माना है, बल्कि उन्होंने इसे विश्व के लिए विरासत के तौर पर माना है। देश में लोगों को इसकी जड़ों को जानने की जरूरत है।
- बच्चों को उनकी मातृभाषा में और संवैधानिक तौर पर मान्यता प्राप्त राज्य की भाषाओं में शिक्षा प्रदान की जानी चाहिए।
- भारत की भूमि अपने शौर्य और वीरता के लिए जानी जाती है। प्रत्येक राष्ट्रवादी भारतीय का प्रथम धर्म भारत माता की रक्षा करना होता है।
- जब-जब हम अपने को भूले हैं, तब-तब हार हुई है। हमें अपने धर्म तथा मातृभूमि की रक्षा के लिए जाग्रत रहने की आवश्यकता है।
- देश में करीब 6.75 लाख गांव हैं, जिसमें विभिन्न भाषा, धर्म और संस्कृतियों के लोग रहते हैं, किन्तु सभी भारत मां के पुत्र हैं। देश की एकता-अखंडता की रक्षा के लिए प्राण न्यौछावर करना हमारा पहला धर्म है।
- आतंकवाद रोकने का काम सरकार करेगी, लेकिन हिन्दू समाज को

विखंडित होने से रोकने के लिए सभी की भूमिका अहम होगी।

- सामाजिक बराबरी के लिए हम सभी लोग प्रयासरत रहे हैं, लेकिन समाज में जातिगत बंटवारे की खाई चौड़ी हुई है। इसे पाटने के लिए हमें और मजबूत प्रयास करने होंगे।
- हिन्दू समाज विविधता में एकता के आधार पर आधारित है और इसे अपने ही लोगों के खिलाफ छुआछूत, भेदभाव जैसी कमजोरी को मिटाना चाहिए। हिन्दू समाज के लोगों को समाज में प्रचलित भेदभाव वाली मानसिकता को दूर करना चाहिए और प्रत्येक हिन्दू के घर से ऐसी शुरुआत की जानी चाहिए।
- **'मातृवत परदारेषु, परद्रव्येषु लोष्ठवत् / आत्मवत् सर्वभूतेषू।'** यह हमारी परंपरा का मुख्य संस्कार रहा है। उन संस्कारों का क्षरण देश में बढ़ते हुए अपराधों का, महिलाओं के साथ अत्याचार का तथा युवा पीढ़ी में बढ़ते अनाचार व उच्छृंखलता का मूल है। उस पर नियंत्रण करने के लिए कानून की कड़ाई व व्यवस्थाओं की पुनर्रचना जितनी आवश्यक है, उतनी ही आवश्यकता समाज के वातावरण में सुयोग्य आचरण के उदाहरण व सुसंस्कार प्रवणता की है।
- संकट के समय सब प्रकार के भेदों से ऊपर उठकर सहायता के लिए आगे आना ही भारतीय समाज की समान सामाजिक संवेदना और राष्ट्रीय एकता का परिचय देती है।
- एक अच्छे समाज में आपसी भेदभाव नहीं होता, यह उसकी विशेषता होती है। इसलिए हमारे हिन्दू समाज में जो भेदभाव है, उसे दूर करना होगा। तब हमारा समाज संगठित होगा और वह निर्भय तथा बल संपन्न बनेगा।
- हमारा हिन्दू समाज आज बिखरा हुआ नजर आता है, क्योंकि वह अपने आपको दूसरे देशों से आए विचारों वाले दर्पण में देखता है। हमें दूसरों के टूटे हुए दर्पण को छोड़कर अपने संतों के दिखाए दर्पण में खुद को देखना चाहिए, तब जाकर हमारा भ्रम दूर होगा कि हम बिखरे नहीं हैं, हम एक हैं।
- आज शिक्षा का निजीकरण और सरकारीकरण की बजाय उसका समाजीकरण होना आवश्यक है। निजीकरण करना व्यापारीकरण की तरह है और उसके चलते शिक्षा आम आदमी से दूर हो रही है। शिक्षा व्यवस्था में सरकार का हस्तक्षेप भी उचित नहीं। हां, इसके उन्नयन के लिए सरकार अपने स्तर पर जरूर मदद कर सकती है, लेकिन उसका उस पर किसी प्रकार का कोई अधिकार नहीं होना चाहिए।

- संघ देश की जनता में राष्ट्र गौरव का भाव जगाता है। संघ देश के प्रत्येक व्यक्ति के मन में राष्ट्रीय एकता के जागरण के लिए कार्य करता है। संघ जनता में यह भाव सुदृढ़ करने का काम करता है कि मैं समाज की सेवा करूंगा।
- हमारे भारतीय समाज में वह शक्ति है, जो अपने समाज के दुःखों को दूर कर सकता है। इसलिए हमें जाति, पंथ, मतों और विषमता के भाव को छोड़कर अपने देश के सनातन जीवन मूल्यों पर अडिग रहकर आगे बढ़ना होगा। इसी से समाज में संपूर्ण परिवर्तन हो सकेगा और यह परिवर्तन चिरस्थाई होगा।
- प्रत्येक परिवार में संस्कारों का सिंचन आज की महती आवश्यकता है। इसके लिए स्वयं को संस्कारक्षम बनाकर अपने बच्चों को संस्कारवान बनाने में महिलाओं को अधिक सक्रिय होना होगा।
- भारत का प्रयोजन दुनिया को अध्यात्म का संदेश देना है। इस प्रयोजन की सिद्धि का सहज, सरल और लोकप्रिय माध्यम 'कीर्तन' है।
- 'वंदे मातरम्' केवल दो शब्द नहीं हैं, बल्कि एक मंत्र है, जो फांसी पर चढ़ने वाले स्वतंत्रता सेनानियों के होंठों पर था। इन दो शब्दों ने पिछले 140 वर्षों से देश को प्रेरित किया है।
- भारत सार्वभौमिक आध्यात्मिक एकता का स्रोत है।
- धर्म हमेशा शाश्वत होता है। धर्म सभी के लिए कल्याणकारी होता है। चाहे पूजा पद्धति कोई भी हो, धर्म जोड़ने का कार्य करता है। सबके जीवन की चिंता करते हुए अपने कर्त्तव्यों का पालन करना ही धर्म है।
- एकांत में आत्मदर्शन की साधना और लोकांत में सेवा तथा परोपकार करना, यह विश्व के जीवन को धारण करने वाला सफल जीवन माना जाता है। इसलिए हमारी शिक्षा राष्ट्रीय अवधारणाओं पर आधारित होनी चाहिए।
- मानव के आचरण को परिभाषित करने वाले मानव धर्म को ही हिन्दू धर्म कहते हैं।
- अच्छी चीजों को जानना मानव जीवन को उन्नत करता है।
- सामान्यतः धर्म का अर्थ कर्त्तव्यपालन को माना जाता है। माता-पिता की सेवा करना हमारा कर्त्तव्य है। प्रजा का पालन करना राजा का कर्त्तव्य है। पढ़ाई करना छात्र का कर्त्तव्य है। इहलोक और परलोक में सबको उन्नति और सुख मिले, उस हेतु कर्त्तव्य पालन धर्म है।
- भारत की उन्नति तब तक संभव नहीं है, जब तक भारत का प्रत्येक

व्यक्ति भारत की सभ्यता, संस्कृति व समन्वय की परंपरा पर नहीं चलेगा।

- गीता जीवन जीने की कला है। गीता के अनुसार जीवन जीने की अथक अविश्रांत परंपरा सदियों से हमारे देश में निरंतर चली आ रही है और आज भी विद्यमान है।
- शिक्षा का अर्थ केवल अर्थार्जन नहीं है, बल्कि मानवीय मूल्यों की रक्षा का धर्म निभाने के लिए होना चाहिए।
- स्वयं के अंदर से स्वार्थ, भय एवं निपट भौतिक जड़वादिता को पूरी तरह समाप्त कर एक साथ सबके सुख का विचार करने वाली एकात्म व समग्र दृष्टि अपनाने से ही विश्व का कल्याण होगा।
- देश के अंतिम पंक्ति में खड़े मनुष्य के जीवन की स्थिति ही इस देश के विकास की निर्णायक कसौटी होगी।
- समाज के सक्रिय और जागरूक रहने से ही सरकार की नीतियों को सफल बनाने में सहयोग मिलता है।
- संकट के समय सब प्रकार के भेदों से ऊपर उठकर सहायता के लिए सबके साथ आना ही भारतीय समाज की सामाजिक संवेदना और राष्ट्रीय एकता को दर्शाता है।
- देश की आत्मनिर्भरता ही देश की सुरक्षा और समृद्धि का अनिवार्य घटक होगी।
- संघ विदेशी भाषाओं समेत अनेक भाषाओं में प्रदान की जाने वाली शिक्षा का पूरी तरह से समर्थन करता है, लेकिन उसकी सोची-समझी राय है कि बच्चों को स्वाभाविक प्रशिक्षण के लिए और सांस्कृतिक सोच को बढ़ावा देने के लिए खासतौर पर प्रारंभिक शिक्षा मातृभाषा में अथवा संवैधानिक तौर पर मान्यता प्राप्त राज्य की भाषाओं में दी जानी चाहिए।
- मंदिर, श्मशान और पानी के नाम पर भेदभाव को समाप्त करने में योगदान देकर संत समाज, हिन्दू समाज में समरसता लाने का कार्य कर सकते हैं।
- आज देश में शिक्षण एवं अध्ययन के तरीकों में एक व्यापक बदलाव की जरूरत है। वर्तमान समय में सबके लिए स्वीकार शिक्षा के एक ऐसे नये मॉडल का निर्माण करने की जरूरत है, जो भारत के समृद्ध प्राचीन अतीत से ली गई हो, जब देश शिक्षा का एक महान केंद्र था।
- संघ राष्ट्र निर्माण को समाज-संस्कृति की रचना से जोड़ता है,

इसलिए सकारात्मक कार्यों में इसकी तत्परता देखी जा सकती है।

- विश्व की प्राचीनतम मानव सभ्यता के युग से आधुनिक सभ्यता, संस्कृति एवं वैज्ञानिक आविष्कारों का मुख्य आधार भूमंडल में स्थित प्रमुख चार अवयव-जल, अग्नि, वायु और मृदा है। इन चारों वस्तुओं का विषद ज्ञान ही वेद है।
- यदि महापुरुष के विचारों को उनके जीवन-दर्शन के जरिए जीवन में उतारा जाता है, तो इससे बड़े-से-बड़े संकट का भी हल निकल सकता है।
- सामाजिक मजबूती की पहली शर्त सामाजिक समरसता है। हमें इसको मजबूत करने की आवश्यकता है। जहां भी हमारी समरसता की कड़ी कमजोर होगी, वहीं समाज को तोड़ने वाली शक्तियां प्रभावी हो जाएंगी। देश में सामाजिक सद्भावना बढ़ाने के लिए सभी सामाजिक और धार्मिक संगठनों को आपसी संवाद बढ़ाना होगा और मिलजुलकर कार्य करना होगा। एकात्मता के विचार को हमें आचरण में उतारना होगा।

भागवत का भाषण और दूरदर्शन विवाद

राष्ट्रीय स्वयंसेवक संघ की स्थापना डॉ. केशव बलिराम हेडगेवार ने सन् 1925 में विजयादशमी के शुभ दिन अर्थात् दशहरे के शुभ अवसर पर नागपुर (महाराष्ट्र) में की थी। प्रत्येक वर्ष विजयादशमी (दशहरे) के शुभ अवसर पर संघ के सरसंघचालक द्वारा दिया गया संबोधन सबसे महत्त्वपूर्ण माना जाता है, जो उसी दिन सुबह होता है। संघ के प्रथम सरसंघचालक डॉ. हेडगेवार के समय से ही दशहरा संबोधन की प्रथा रही है। अमूमन इस भाषण में संघ के एक साल के कार्यकलापों का विवरण और इसके कार्यकर्ताओं के लिए अगले एक साल का दिशा-निर्देश रहता है। 3 अक्टूबर, 2014 को विजयादशमी के अवसर पर राष्ट्रीय स्वयंसेवक संघ के 88 वर्ष पूरे होने के उपलक्ष्य में नागपुर के रेशमबाग मैदान में सरसंघचालक मोहनराव भागवत द्वारा दिए गए संघ के कार्यकर्ताओं को वार्षिक प्रथागत भाषण का दूरदर्शन पर सीधा प्रसारण दिखाए जाने के कारण काफी विवाद हुआ। जहां प्रधानमंत्री नरेंद्र मोदी ने भाषण का समर्थन किया, वहीं कांग्रेस तथा वामपंथी दलों ने इसे सरकारी चैनल का दुरुपयोग करार दिया और कहा– 'पहली बार एक आरएसएस समारोह का दूरदर्शन पर घंटेभर तक सीधा प्रसारण राज्य प्रसारक का दुरुपयोग करने के लिए सरकार द्वारा किया गया है।'

दूरदर्शन पर सीधा प्रसारण की निंदा करते हुए सीपीआई (एम.) ने कहा– 'आरएसएस अकसर अपने हिन्दुत्व विचारधारा के प्रचार का उपयोग करता है। राष्ट्रीय सार्वजनिक प्रसारण राष्ट्रीय स्वयंसेवक संघ के प्रमुख के भाषण का सीधा प्रसारण करने के लिए कोई व्यवसाय नहीं है।'

भारतीय कम्युनिस्ट पार्टी (भाकपा) ने भी सीधे प्रसारण की निंदा की। कांग्रेस प्रवक्ता संदीप दीक्षित ने कहा– 'राष्ट्रीय स्वयंसेवक संघ एक विवादास्पद धार्मिक और राजनीतिक संगठन है, जिसका दूरदर्शन ने 'खतरनाक परंपरा' के रूप में घंटों तक प्रसारण करके समाज को गलत संदेश दिया।'

कांग्रेस और वामदलों के तीखे वाक्य हमलों के अंतर्गत आने के बाद दूरदर्शन की महानिदेशक (समाचार) अर्चना दत्ता ने बयान दिया– 'यह सिर्फ हमारे लिए एक खबर घटना की तरह था, इसलिए हमने इसे कवर किया। इसके लिए हमने कई डिजिटल उपग्रह समाचार सभा वैन (डीएसएनजी) की एक घटना खबर के लिए इस्तेमाल किया था, न कि कोई विशेष व्यवस्था वहां की गई थी।'

इस प्रसारण के बचाव में केंद्रीय सूचना एवं प्रसारण मंत्री प्रकाश जावड़ेकर ने कहा– 'दिल्ली दूरदर्शन पर राष्ट्रीय स्वयंसेवक संघ के भाषण का सीधा प्रसारण किया जाना गलत नहीं है। संघ एक सामाजिक संगठन है, जिसकी अंतर्राष्ट्रीय पहचान है। यह एक बड़ा कार्यक्रम था, जिसमें हजारों लोग शामिल थे। यह हर तरह से राष्ट्रीय नेटवर्क पर प्रसारित किए जाने के मापदंड पर खरा उतरता है। वेटिकन सिटी में धर्मगुरु पोप से लेकर अनेक धार्मिक–सामाजिक संगठनों के कार्यक्रम और नेताओं के भाषण सरकारी रेडियो–दूरदर्शन पर होते रहे हैं। इसकी आलोचना करना विजयादशमी जैसे शुभ पर्व पर बेकार के विवाद खड़े करना है। सवाल तो यह उठना चाहिए कि अब तक इस वार्षिक कार्यक्रम को क्यों नहीं दिखाया जाता था।'

भाजपा नेता साइना एन.सी. ने कहा– 'राष्ट्रीय स्वयंसेवक संघ केवल 'पहले भारत' में विश्वास करता है, जो एक राष्ट्रवादी संगठन है और किसी भी व्यक्ति के हित से ऊपर देश के लिए कार्य करता है। मैं खुश हूं कि इस भाषण पर प्रकाश डाला गया है। आरएसएस के माध्यम से लोगों ने सही मायने में देशभक्ति और राष्ट्र के निर्माण में योगदान दिया है कि देश में एक काडर आज अगर वहां है, तो यह आरएसएस का अहसास है।'

प्रधानमंत्री नरेंद्र मोदी ने माननीय भागवत द्वारा दिए गए भाषण पर ट्वीट किया था– 'मोहन भागवत जी ने अपने भाषण में महत्त्वपूर्ण राष्ट्रीय मुद्दों पर बात की, जो आज के समय में सामाजिक सुधारों के मुद्दों पर बहुत प्रासंगिक है।' प्रधानमंत्री मोदी ने अपने निजी ट्विटर अकाउंट पर भागवत जी के भाषण का लिंक भी साझा किया था।

अगर तथ्यों पर नजर डाली जाए तो मोहन भागवत जी के भाषण में ऐसा कुछ भी विवादास्पद या आलोचनात्मक अंश या प्रभाव नहीं था, जिसके कारण इस मामले को इतना तूल दिया गया।

यह भारत देश की विडंबना है कि यहां के राजनीति में दक्ष नेतागण तूल देने लायक विवादास्पद बयानों, भाषणों या वक्तव्यों पर तो चुप्पी साध लेते हैं, लेकिन उन बातों को बेवजह तूल देने पर आमादा रहते हैं, जिससे उन्हें फायदा मिले, पब्लिसिटी प्राप्त हो, चर्चाओं में बने रहने का मौका मिले।

जरा एक नजर डालिए मोहन भागवत जी के दिए गए भाषण के प्रमुख तथ्यों पर... जो उन्होंने नागपुर में रेशमबाग मैदान में आरएसएस कार्यकर्ताओं को अपने प्रथागत भाषण में कहा था।

'नरेंद्र मोदी सरकार अच्छा काम कर रही है। रक्षा, शिक्षा, आर्थिक, विदेश नीति पर मजबूती से कदम बढ़ा रही है। दुनिया में भारत का दबदबा बढ़ा है और विदेशी कंपनियां लाखों-करोड़ों का निवेश करने को तैयार हैं। महंगाई काबू में आ रही है। रोजगार के अवसर बढ़ रहे हैं। आलोचक कुछ जल्दी कर रहे हैं, अभी मोदी सरकार को वक्त दिया जाना चाहिए। स्वच्छता अभियान बहुत अच्छी पहल है और संघ भी इसमें योगदान देगा।'

मोहन भागवत ने राष्ट्रीय सुरक्षा, अर्थव्यवस्था और छह महीने की एक छोटी-सी अवधि में अंतर्राष्ट्रीय संबंधों पर पहल के लिए मोदी सरकार की प्रशंसा भी की थी।

'यह सकारात्मक संकेत है कि भारत अंतर्राष्ट्रीय मंच पर मजबूती से उभर रहा है। नरेंद्र मोदी की अमेरिका की हाल की यात्राओं से सकारात्मक संदेश मिले हैं और देश के लोगों के बीच एक नये उत्साह का संचार हुआ है। आशा की एक नई किरण ने लोगों के दिलों में प्रवेश किया है।'

उन्होंने जम्मू-कश्मीर में उपक्रम बचाव कार्यों के लिए केंद्र और आरएसएस के स्वयंसेवकों के प्रयासों की सराहना की। 'तेजी, दक्षता और प्रभावित लोगों को राहत प्रदान करना प्रशंसा के काबिल है। केंद्र सरकार की खुली धार्मिकता प्रशंसनीय है।' बाढ़ में मारे गए लोगों को श्रद्धांजलि देते हुए उन्होंने कहा– 'हमारी सहानुभूति प्रत्येक परिवार के साथ है। उन्होंने जो खोया है, उसकी क्षतिपूर्ति कभी नहीं हो सकती।'

वैश्विक आतंकवाद पर बोलते हुए भागवत ने इस्लामी राज्यों की आतंकी गतिविधियों में वृद्धि के लिए पश्चिम एशिया में तेल की खरीद के लिए पश्चिमी देशों के स्वार्थ को दोषी ठहराया। 'आत्म केंद्रित सामूहिक लालच, शोषण, दमन, हिंसा और कट्टरता को जन्म देता है। पश्चिमी देशों द्वारा स्वार्थ के आधार पर दुनिया को आतंकित कर रहा है, जो आईएसआईएस के नाम से पश्चिम एशिया में उभरा है। यह आतंकवाद और कट्टरवाद के नये अवतार के लिए पूरी तरह से जिम्मेदार है।'

मोहन भागवत ने सनातन धर्म की 'सर्व जन सुखाय सर्व जन हिताय' के मूलमंत्र का उद्घोष करते हुए कहा कि देश की धर्म और संस्कृति ने हमेशा से जोड़ने का काम किया है, तोड़ने का नहीं। हमेशा से ही कट्टरपंथी हिन्दू विचारधारा का आरोप झेलने वाले संगठन स्वयंसेवक संघ के मंच से भागवत ने दो टूक शब्दों में स्पष्ट करते हुए कहा कि सबकी

सेवा और सबका विकास यही सनातन धर्म का मूलमंत्र है। यह कोई नई विचारधारा नहीं है, बल्कि प्राचीन समय से देश की सभ्यता और संस्कृति का आधार रही है। हमारे ऋषि-मुनियों ने हमें यही सिखाया है। संघ प्रमुख ने अपने भाषण में केरल में जिहादी गतिविधियों और गोरक्षा जैसे संवेदनशील मुद्दों का भी जिक्र किया था। उन्होंने कहा- 'विभिन्न जाति, धर्म, समुदायों, पूजा, रहने, खान-पान, अलग दृष्टिकोण, संस्कृति के तरीके महत्त्वपूर्ण नहीं हैं, वे हमेशा थे और हमेशा मौजूद रहेंगे। हमें एक के रूप में हर किसी को स्वीकार करना चाहिए और सभी का समान रूप से सम्मान किया जाना चाहिए। हम हमारे जीवन में एक-दूसरे के मतभेदों को, जो कुछ भी विविधता है, उन सभी को हमारे तरीके से स्वीकार करेंगे, एक ऐसे भारत का सपना देख रहे हैं।'

सरसंघचालक मोहन भागवत के विजयादशमी उद्‌बोधन के कुछ प्रमुख अंश शब्दशः यहां प्रस्तुत है-

'एक वर्ष के पश्चात् फिर से हम सब विजयादशमी के पुण्य पर्व पर यहां एकत्रित हैं, परंतु इस वर्ष का वातावरण भिन्न है, यह अनुभव हम सभी को हो रहा है। भारतीय वैज्ञानिकों के द्वारा पहले ही प्रयास में मंगल की कक्षा में यान का सफल प्रवेश करवाकर हमारे संबंध में विश्व में गौरव तथा भारतीयों के मन में आत्मविश्वास की वृद्धि में चार चांद जोड़ दिए हैं। मंगल अभियान से जुड़े वैज्ञानिकों को तथा अन्य सभी कार्यकर्ताओं का हम हृदय से शत-शत अभिनंदन करते हैं। दक्षिण कोरिया में चल रहे एशियाड खेलों में पदक जीतकर देश का गौरव बढ़ाने वाले सभी खिलाड़ियों का भी हम अभिनंदन करते हैं। यह वर्ष राजराजेंद्र चोल की दिग्विजयी जीवनगाथा का सहस्राब्दी वर्ष है। इस वर्ष पं. दीनदयाल उपाध्याय द्वारा एकात्म मानव दर्शन के आविर्भाव का 50वां वर्ष भी है। देश के बाहर बसे भारतीय मूल के निवासी, भारत के प्रति जो उत्साह और संकल्प का प्रदर्शन कर रहे हैं, वह भी भविष्य के गौरवशाली व वैभवशाली भारत के लिए एक शुभ संकेत देता है।

सृष्टि में व्याप्त स्वाभाविक विविधता को प्रेम व सम्मान के साथ स्वीकार करना, प्रकृति के साथ व परस्पर व्यवहार में समन्वय, सहयोग तथा परस्पर सह संवेदना व संवाद के आधार पर चलना तथा विचारों, मतों व आचरण में एकांतिक कट्टरपन व हिंसा को छोड़कर अहिंसा व वैधानिक मध्यम मार्ग का पालन करना, इसी से संपूर्ण विश्व की मानवता को सुख-शांतिपूर्ण सुंदर जीवन का लाभ होगा। इस सत्य का बौद्धिक प्रबोधन तो विश्व के ज्ञात इतिहास के प्रारंभकाल से होता आ रहा है; पर्याप्त मात्रा में

हुआ है, परंतु नित्य भाषणों, प्रवचनों, उपदेशों में सुनाई देने वाले उदात्त, उन्नत व सुखहितकारक तत्वों के मंडन के पीछे सुसंगत आचरण नहीं है। परस्पर व्यवहार में व्यक्तियों से लेकर राष्ट्रों तक के आचरण में व नीतियों में दंभ, अहंकार, स्वार्थ, कट्टर संकुचितता आदि का ही वर्चस्व दिखाई देता है। इसी के चलते हम देख रहे हैं कि आधुनिक मानवजाति जानकारी, शास्त्रज्ञान, तंत्रज्ञान व सुख-सुविधाओं में पहले से कहीं अधिक प्रकट होने के बाद भी विश्व के जीवन में से दुःख, कष्ट, शोक आदि का संपूर्ण निवारण करने के सब प्रकार के प्रयोग 2000 वर्षों में कर लेने के बाद भी वही समस्याएं बार-बार खड़ी हो रही हैं। मनुष्य की इस तथाकथित प्रगति ने कुछ नई दुर्लभ समस्याएं और खड़ी कर दी हैं।

हम देख रहे हैं कि पर्यावरण विषय की चर्चा जगत् में सर्वत्र गत कई दशकों से चल रही है, फिर भी प्रत्येक बीतता दिन पर्यावरण के क्षरण को और एक कदम निकट लाता हुआ सिद्ध हो रहा है। विश्व में पर्यावरण क्षरण के कारण नित नई व विचित्र प्राकृतिक आपदाओं का सामना करना पड़ रहा है, फिर भी प्रचलित विकासपथ के पुनर्विचार में राष्ट्रों की व बड़े-बड़े बहुराष्ट्रीय कंपनियों की नीतियों में शब्दों के परिवर्तन व ऊपरी मलहम-पट्टियों के अतिरिक्त चिंतन में कोई मूलभूत परिवर्तन दिखाई नहीं देता। सारी करनी के पीछे वही पुरानी एकांतिक जड़वादी, उपभोगाधारित व स्वार्थ प्रेरित विचारधारा प्रकट रूप से काम करती हुई दिखती है।

इन्हीं एकांतिक सामूहिक स्वार्थों के कारण शोषण, दमन, हिंसा व कट्टरता का जन्म होता है। ऐसे ही स्वार्थों के चलते मध्यपूर्व में पश्चिमी देशों के जो क्रियाकलाप चले, उनमें से कट्टरतावाद का नया अवतार इसिस (आईएसआईएस) के रूप में सारी दुनिया को आतंकित कर रहा है। विश्व के सभी देश तथा अनेक पंथ-संप्रदायों के समूह इस संकट के विरोध में एक सामूहिक शक्ति खड़ी करने की मनःस्थिति में हैं और वैसा करेंगे भी, परंतु बार-बार रूप बदलकर आने वाला यह आतंकवाद जिन एकांतिक प्रवृत्तियों व भोगलालसी स्वार्थों की क्रिया-प्रतिक्रिया के चक्र में से जन्मा है, उस चक्र की गति को मूल से खंडित कर समाप्त किए बिना विश्व में लंबे समय से चलती आई हुई आतंकवाद की संकट परंपरा जड़मूल से समाप्त नहीं होगी। ऐसा करना चाहने वालों को स्वयं के अंदर से स्वार्थ, भय, निपट, भौतिक जड़वादिता को संपूर्ण समाप्त कर एक साथ सबके सुख का विचार करने वाली एकात्म व समग्र दृष्टि अपनानी पड़ेगी।

विश्व के गत हजार वर्षों के इतिहास में सत्य व अहिंसा के आधार पर इस दिशा में किए गए प्रामाणिक प्रयासों का उदाहरण केवल भारतवर्ष

का है। अत्यंत प्राचीनकाल से इस क्षण तक हिमालय और उसकी दोनों ओर की जुड़ी हुई पर्वत श्रृंखलाओं से सागर पर्यंत विस्तार के अंदर जो सनातन अक्षुण्ण राष्ट्रीय विचार प्रवाह चल रहा है तथा जिसे आज 'हिन्दुत्व' के नाम से जाना जाता है; उसकी यह विशेषता है कि भाषा, भू-प्रदेश, पंथ-संप्रदाय, जाति-उपजाति, खान-पान, रीति-रिवाज आदि की सब स्वाभाविक विविधताओं को वह सम्मानपूर्वक स्वीकार करता है तथा साथ जोड़कर संपूर्ण विश्व के कल्याण में चलाता है। यहां जीवन के सत्य के बारे में अन्वेषण, अनुभव तथा निष्कर्ष की संपूर्ण स्वतंत्रता है। न किसी की भिन्न श्रद्धा को लेकर विवाद खड़े किए जाते हैं, न मूर्तिभंजक अभियान चलते हैं, न किसी पोथीबंद व्यवस्था के आधार पर श्रद्धा की व श्रद्धास्पंदता की वैधता का निर्णय करने का प्रचलन इस परंपरा में है। बौद्धिक स्तर पर मतचर्चा का मुक्त शास्त्रार्थ चलते हुए भी व्यावहारिक स्तर पर श्रद्धा की स्वतंत्रता का सम्मान करते हुए समन्वय व सामंजस्य से एक समाज के नाते चलना हिन्दू संस्कृति का परिचायक लक्षण है। प्राचीन काल से 'वसुधैव कुटुम्बकम्' की आत्मीय दृष्टि को लेकर यहां के ऋषि-मुनि, भिक्षु, श्रमण, संत, विद्वान, शास्त्रज्ञ, मैक्सिको से लेकर साइबेरिया तक फैले जगत् के भूभाग में गए। बिना किसी साम्राज्य को विजित किए, बिना कहीं की किसी भिन्न जीवन पद्धति को, पूजा पद्धति को, राष्ट्रीय अथवा सांस्कृतिक पहचान को नष्ट किए, प्रेम से उन्होंने वहां आत्मीयता के सूत्र को, सुमंगल और सृष्टि कल्याण की भावना को प्रतिष्ठित किया। वहां के जीवन को अधिक उन्नत, ज्ञानवान, संपन्न किया। आधुनिक काल में भी हमारे जगत्वन्दय विभूतियों से लेकर सामान्य आप्रवासी भारतीयों का यही व्यवहार रहा है। यही कीर्ति है। दुनियाभर के चिंतकों को, समाजों को, इसलिए भारत के भविष्य में अपने लिए और जगत् के लिए एक सुखद आशा का दर्शन होता है।

'मैंने छाती का लहू पिला,
पाले दुनिया के क्षुधित लाल।
भूभाग नहीं,
शत-शत मानव के हृदय जीवन का निश्चय।'

यही अनुभव दुनिया को हमसे मिला है, इसलिए हमसे दुनिया की अपेक्षाएं भी हैं, एक राष्ट्र के नाते सृष्टि में भारत के सनातन अस्तित्व का यही प्रयोजन हमारे प्राचीन ऋषि-मुनियों ने भी बताया है।

इसलिए आज विजयादशमी के इस पुण्य पर्व पर हमारे सामने विजय का यह नया क्षितिज स्पष्ट है। संपूर्ण विश्व को पथप्रदर्शक भारत का जीवन

खड़ा करना, देश-काल-परिस्थिति-सुसंगत भारत का ऐसा नया निर्माण; जो संपूर्ण विश्व के प्रति समग्र एकात्म-भेदरहित, स्वार्थ रहित दृष्टि रखते हुए सर्वसमर्थ व सर्वांग सुंदर संपन्न बनकर खड़ा हो। सृष्टि की सारी विविधताओं को स्वीकार करते हुए समन्वय से चलाने में उदाहरणस्वरूप बने, संपन्नता जहां सुनीति सहित अवतरित हो; करुणा, सेवा व परोपकार निर्भयता सहित जहां अजेय सामर्थ्य का अंग बने; जिसका विकास पथ सर्वत्र मंगल सृष्टि करने वाला हो, ऐसे भारत का निर्माण हमें करना है। जिस भारत के सुपुत्रों के नाते विश्व-भर के देशों में जाकर बसे भारतीय मूल के लोग उन-उन देशों की जनता के सम्मुख भद्रता, चारित्र्य तथा वैश्विकता का उदाहरण प्रस्थापित करते हों, जिस सामर्थ्यसंपन्न भारत के अस्तित्व मात्र से विश्व में सर्वत्र भारतभूमि, पूर्वज तथा संस्कृति से नाता रखने वाले लोग अपने आपको निर्भय व सुरक्षित मानकर जी सकें, ऐसे भारत का निर्माण हमें करना है।

अभी कुछ दिन पूर्व ही ऐसी ही कुछ आकांक्षाओं व अपेक्षाओं को मन में धारण करते हुए समाज ने देश के सत्ता तंत्र में एक बड़ा परिवर्तन किया है। अभी इस परिवर्तन को 6 महीने भी पूरे नहीं हुए, परंतु ऐसे संकेत यदा-कदा प्राप्त होते रहते हैं, जिससे लगता है कि विश्व में भारत के उत्थान की तथा भारत की जनता के संपूर्ण सुरक्षित, सर्वांगीण उन्नत जीवन की आकांक्षा का प्रतिबिंब शासन-प्रशासन की नीतियों में खिलने लगेगा। इस अत्यंत अल्प कालखंड में भी केंद्र सरकार द्वारा आर्थिक, सुरक्षा, वैश्विक संबंधों एवं अन्यान्य क्षेत्रों में देशहित में जो कतिपय नीतिगत पहल की गई है, उससे आशा तो जगी है। इसी दिशा में आने वाले दिनों में उचित पथ पर देश की नीति सुनिश्चित और सुव्यवस्थित होकर आगे बढ़े, यह इस सरकार को करना होगा। आशा और विश्वास के साथ हमें अधिक प्रतीक्षा करनी पड़ेगी।

पिछले दिनों देश के विभिन्न भागों विशेषकर जम्मू-कश्मीर में आई बाढ़ से जन-धन की अपार क्षति हुई है। इस त्रासदी में काल-कलवित हुए सभी लोगों की शांति व सद्गति के लिए प्रभु-चरणों में प्रार्थना और उनके परिवारजनों के प्रति हार्दिक संवेदना है। जम्मू-कश्मीर में आई इस अकल्पनीय त्रासदी के निवारण के लिए केंद्र सरकार ने जिस तत्परता एवं उदार मन से सब प्रकार की सहायता उपलब्ध कराई है, वह प्रशंसनीय है। हमेशा की भांति, अन्यान्य सामाजिक संस्थाओं के साथ-साथ राष्ट्रीय स्वयंसेवक संघ एवं सेवा भारती के कार्यकर्ताओं ने भी तुरंत राहत कार्य प्रारंभ कर दिया और आगे भी आवश्यक कार्य की योजना बनाई है। ऐसे

संकट के समय सब प्रकार के भेदों से ऊपर उठकर सहायता के लिए तत्पर हो जाना ही भारतीय समाज की समान सामाजिक संवेदना एवं राष्ट्रीय एकता का परिचय देती है।

परंतु देश की परिस्थिति व जमीन का वास्तव बहुत गंभीर तथा जटिल है। केवल सत्ता व राजनीति के भरोसे देश के भविष्य को छोड़ देने से काम नहीं चलेगा। विश्व में प्रचलित सभी नीतिपथ खंडित व अधूरी दृष्टि पर आधारित है। अपने देश के तंत्र व नीति पर भी स्वतंत्रता के बाद आज तक उसी का प्रभाव रहा है। एक राष्ट्र के नाते खड़े होने के लिए समाज में आवश्यक प्रामाणिकता का, समरस आत्मीयता का, उद्यमिता, ध्येयवादिता, संस्कारप्रवणता आदि सद्‌गुणों का सदियों से क्षरण होता आ रहा है, वह अभी भी रुका नहीं है। अपने संकुचित स्वार्थ के लिए इन कमियों को कुरेदकर, बढ़ाकर, भेद के झगड़ों की आग पर अपनी रोटियां सेंकने का खेल करने वाली देशी व विदेशी शक्तियां अभी भी विद्यमान हैं और अपना खेल खेलने का प्रयास कर रही हैं, इसलिए देश का तंत्र चलाने वाले सबको सजग व सक्षम रहना ही पड़ेगा। प्रचलित विकास पथ की अच्छी बातों को अपनाते हुए नये काल सुसंगत पथ का निर्माण करना पड़ेगा। एकात्म व समग्र दृष्टि के अभाव से प्रचलित विकास पथ में आई त्रुटिपूर्ण बातों का परित्याग करते हुए अपनी दृष्टि के आधार पर नये पर्याय खड़े करने पड़ेंगे। स्वामी विवेकानंद, योगी अरविंद, स्वामी रामतीर्थ, रवींद्रनाथ ठाकुर, लोकमान्य तिलक से लेकर महात्मा गांधी, सुभाषचंद्र बोस, स्वातंत्र्यवीर सावरकर, डॉ. बाबासाहेब अंबेडकर, विनोबा भावे, संघ के द्वितीय सरसंघचालक श्री गुरुजी उर्फ माधवराव सदाशिवराव गोलवलकर, राममनोहर लोहिया, जयप्रकाश नारायण, पं. दीनदयाल उपाध्याय आदि महापुरुषों ने स्वानुभव के आधार पर इस देश की शिक्षा, संस्कार, अर्थनीति, समाजनीति, सुरक्षानीति आदि के बारे में जो गहन, समग्र, मूलगामी व व्यावहारिक चिंतन किया है, उसके परिशीलन से व प्रयोगों के अनुभव से निर्मित एक नया कालसुसंगत विकास पथ देश के तंत्र में स्थापित करना पड़ेगा। देश की अंतिम पंक्ति में खड़े अंतिम मनुष्य के जीवन की स्थिति ही इस देश के विकास की निर्णायक कसौटी होगी तथा आत्मनिर्भरता देश की सुरक्षा व समृद्धि का अनिवार्य घटक है–यह ध्यान में रखकर चलना पड़ेगा। जीवन का भिन्न दृष्टि से विचार करने वाला तथा उस विचार के आधार पर विश्व का सिरमौर देश बनकर सदियों तक जगत् का नेतृत्व करने वाला हमारा देश रहा है, इस तथ्य को निरंतर स्मृति में रखकर चलना पड़ेगा। उस दृष्टि में भारत में ही समस्त विश्व के कल्याण का सामर्थ्य

विद्यमान है। उसका युगानुकूल आविष्कार नीतियों में प्रकट करना पड़ेगा।

ऐसी नीतियां चलाकर देश के जिस स्वरूप के निर्माण की आकांक्षा अपने संविधान ने दिग्दर्शित की है, उस ओर देश को बढ़ाने का काम होगा, इस आशा और विश्वास के साथ सत्ता अपना कार्य करे, इसके लिए उनको समय तो देना पड़ेगा।

पर इसके साथ ही समाज के सहयोग के बिना मात्र सत्ता के प्रयासों से जीवन परिवर्तन नहीं होता, यह विश्व के सभी प्रगत देशों के विकास का इतिहास बताता है। इसलिए समाज को व समाज का प्रबोधन करने में, समाज की तरह-तरह की समस्याओं का निराकरण करने में लगे व्यक्तियों और संगठनों को अपना कर्त्तव्य समझकर सक्रिय तथा सजग रहने की आवश्यकता है। प्रजातंत्र में उनकी सक्रियता, सजगता तथा समाज की राष्ट्रहितपरक प्रबुद्धता के कारण ही नीतियों के सफल होने में शासन-प्रशासन को सहयोग मिलता है व सत्ता की राजनीति में देश के भटक जाने की आशंका से बचाव होता है।

ऐसे सब व्यक्ति, संस्था एवं संगठन, लोक प्रबोधन तथा लोक समस्या परिष्कार के काम में अपने संस्थागत स्वार्थ से ऊपर उठकर राष्ट्रहित बुद्धि से लगे रहें, शासन-प्रशासन के साथ संवाद का उनका क्रम बने और चलता रहे तथा नीतियों के सुपरिणाम आखिरी व्यक्ति तक पहुंच रहे हैं अथवा नहीं, इसका सीधा प्रतिभाव शासन तक पहुंचते रहें, इसकी आवश्यकता प्रजातांत्रिक देश में सदैव बनी रहती है।

देश की प्रगति में उपरोक्त सहयोग की आवश्यकता सद्य:स्थिति की गंभीरता और जटिलता को देखकर ध्यान में आती है। देश के दक्षिण भाग में स्थित केरल तथा तमिलनाडु राज्यों में जिहादी गतिविधियों में चिंताजनक वृद्धि दिखाई देती है। उन गतिविधियों के प्रतिरोध में ठोस व परिणामकारक उपाय-योजना होती हुई ध्यान में नहीं आती है। दक्षिण सागर तट पर वहां की रेत में पाए जाने वाले विरला खनिजों की तस्करी में कोई कमी नहीं आई है। पश्चिम बंगाल तथा असम में घुसपैठ एवं अन्य कारणों से निर्मित जनसंख्या की असंतुलित स्थिति व संप्रदाय विशेषों के कट्टरपन के आगे चुनावी मतों के लिए झुककर खुशामद करनेवाले वहां के राज्यकर्ताओं की दब्बू नीति के कारण वहां पर हिन्दू समाज का जीवन, कानून व्यवस्था और देश की सुरक्षा भी खतरे में आ गए हैं। संपूर्ण देश में ही देश की आंतरिक सुरक्षा को चुनौती देने वाला जिहादी और नक्सली उग्रवाद तथा उनका पोषण करने वाली शक्तियों पर नियंत्रण लाने के लिए केंद्र और राज्य सरकारों के सहयोग से प्रभावी उपाय-योजना प्रत्यक्ष होती हुई दिखना अभी बाकी

है। परंतु इसमें समाज की भी महत्त्वपूर्ण भूमिका है। समाज में इन सब समस्याओं के प्रति अधिक सजगता की आवश्यकता है। सीमा पर दोतरफा चलने वाली अनेक प्रकार की तस्करी में लिप्त होने वाले व्यक्ति तो समाज से ही मिलते हैं। बिना अनुमति, सीमा के अंदर घुसकर संपूर्ण देश में फैल जाने वाले घुसपैठियों को रोजगार व आश्रय देने वाले समाज के सामान्य लोग ही रहते हैं। समाज में शोषण के प्रभाव तथा विकास के अभाव के कारण नक्सली उग्रवाद को गोला-बारूद उपलब्ध होता है। शोषण समाप्ति व विकास लाभ के लिए, जैसे-प्रशासन की चुस्ती, पारदर्शिता, संवेदनशीलता तथा नियमबद्धता आवश्यक है, वैसे ही और उतना ही इन सबमें समाज का सक्रिय सहयोग, अपनी स्वतंत्र गतिविधियों से शोषण समाप्ति के लिए प्रजातांत्रिक तरीके से संघर्षरत रहना तथा विकास को समाज के अभावग्रस्त व्यक्तियों तक पहुंचाने के लिए तरह-तरह की सेवा-गतिविधि वहां प्रारंभ करनी भी आवश्यक है। शासन की नीतियां देश को आत्मनिर्भरता की ओर ले जाने वाली हों, परंतु साथ में समाज की उद्यमिता भी बढ़े। नित्य उपयोग की सामग्री, यहां तक की देवी-देवताओं की मूर्तियां भी; विदेश में बनी हुई; खरीदने की प्रवृत्ति हम समाज के सामान्य लोग त्यागे व जीवन में स्वदेशी का आचरण करें, यह भी अनिवार्य आवश्यकता है। देश की सुरक्षा को शासन की सजग व शक्तिशाली नीति, सेना की पूर्ण सिद्धता और पराक्रम के साथ-साथ समाज की जागरूकता, व्यक्तिगत चारित्र्य तथा देशभक्ति भी सुनिश्चित करती है। समाज में चलने वाला संवाद शासन और सेना का बल बढ़ाने वाला हो। सेना में सैनिकों तथा अधिकारियों की पर्याप्त संख्या में आपूर्ति समाज के युवा वर्ग में से होती रहे तथा सामान्य लोगों के आंखें व कान समाज में चलने वाली गतिविधियों पर चौकस लगे रहें, इसकी आवश्यकता है। देश से मांस का निर्यात विशेषकर गौमांस का निर्यात तथा गौ तस्करी पर भी भविष्य में शीघ्रता से रोक लगाने की आवश्यकता महसूस होती है।

इस वातावरण के परिवर्तन को लाने में शासन की भी भूमिका है, यह सब जानते हैं। शिक्षा सर्वसुलभ, संस्कार प्रदान करने वाली व्यवस्थित हो, जीवनसंघर्ष में स्वाभिमान से खड़ा रहने का सामर्थ्य व साहस देने वाली हो, यह शिक्षा विभाग को देखना चाहिए। जनता को जानकारी देना व उनका प्रबोधन करना, यह जिनका कर्त्तव्य है, उन दृश्यश्रव्य तथा पाठ्य माध्यमों (विजुअल व प्रिंट मीडिया) के द्वारा संस्कार बिगाड़ने वाले कार्यक्रम व विज्ञापन न परोसे जाएं, ऐसा नियंत्रण रखने का काम भी सरकार के सूचना व प्रसारण विभाग का ही है, परंतु समाज इन कार्यों के शासन के द्वारा होने

की बाट जोहते रुका रहे, इसकी आवश्यकता नहीं। हमारा अपना परिवार भी समाज का एक छोटा रूप है। कुटुंब समाज की परिपूर्ण इकाई के रूप में आज भी हमारी जीवनव्यवस्था में चल रहा है। उसमें हम विभिन्न विषयों के पाठ्यक्रम नहीं पढ़ा सकेंगे, परंतु जीवन में मनुष्यता का संस्कार भरने वाला, कर्त्तव्य का विवेक सिखाने वाला, साहस से जीवन का सामना करने की शक्ति व धैर्य देने वाला प्रशिक्षण तो अपने घर के वातावरण में ही मिलता है। इस दृष्टि से अपने कुटुंब के बड़े व सम्माननीय व्यक्तियों का व्यवहार, कुलपरंपरा की इस दृष्टि से उपयुक्त रक्षणीय बातें तथा तदनुरूप व्यवहार व संवाद का चलन बनाना तो पूर्णतया अपने ही हाथ में है। प्रत्येक घर में यह होना आज आवश्यक हो गया है।

शासन की भूमिका के बिना भी हम जिन क्षेत्रों में अपना कर्त्तव्य करने में अग्रसर हो सकते हैं, छुआछूत-भेदभाव की समाप्ति, सौभाग्य से इन दोनों क्षेत्रों में चिंतन व कार्य पूर्व से चलता आ रहा है। शिक्षा, स्वास्थ्य, पर्यावरण के प्रति जागृति व पर्यावरण परिष्कार, स्वावलंबन के लिए स्वयं सहायता समूह व उद्यमिता प्रशिक्षण, जलसंवर्धन, जैविक कृषि, गौसंवर्धन, ग्राम विकास, ऐसे अनेक क्षेत्रों में अनेक लोग कार्य कर रहे हैं। संघ के स्वयंसेवक भी इन क्षेत्रों में कार्यरत हैं, परंतु समाज की विशालता के अनुपात में इन कार्यों के विस्तार की बहुत गुंजाइश है। अपनी रुचि, प्रकृति व समय आदि क्षमताओं के अनुसार हम किसी पहले से चले कार्य में जुड़ सकते हैं अथवा हम स्वतंत्र रूप से किसी कार्य को कर सकते हैं। कम-से-कम अपने अड़ोस-पड़ोस में अथवा हमारे अपने घर में आजीविका के लिए सेवा देने वाले अपने समाज के अभावग्रस्त बंधु-भगिनिओं के लिए किसी उपयोगी कार्य में हम अपने कुटुंब को साथ लेकर जुट सकते हैं।

समाज से भेद-भावना दूर करने का कार्य बहुत अधिक प्रमाण में व बहुत अधिक गति से होने की आवश्यकता है। मन में से भेद-भावना निकालने का काम तो शासन अथवा अन्य कोई व्यवस्थागत तंत्र कर भी नहीं सकता। इसे तो समाज के उद्यम के द्वारा ही संपन्न किया जा सकता है। अपने मन से, अपने घर से तथा अपने मित्र परिवार से प्रत्यक्ष कृति प्रारंभ करके ही यह कार्य संभव होगा। इस हेतु मेरे अपने व्यक्तिगत व्यवहार में, मेरे अपने परिवार के वातावरण में, जो आदतें; रूढ़ि, कुरीतियां, भेदभाव के व्यवहार का पोषण करने वाली चली आ रही है, उनका संपूर्ण त्याग करना होगा। जातिगत, प्रांतगत, भाषागत, अहंकारों तथा अभिनिवेशों के सूक्ष्मतम अवशेषों को भी निकाल बाहर करना होगा। ऐसे अहंकारों को लेकर भावना भड़काने वाले वक्तव्य सुनने, बोलने तथा भड़काऊ वातावरण में बहकर

किसी आतताई कार्य को करने से बचना होगा। अपने विशाल हिन्दू समाज का प्रत्येक व्यक्ति, भारतमाता का प्रत्येक सुपुत्र, मेरा अपना बंधु है, इस आत्मीय भावना की कसौटी पर अपनी प्रत्येक छोटी-बड़ी कृति को तराशना होगा। अपने समविचारी सहयोगियों को साथ लेकर हिन्दुओं के धर्मस्थान, श्मशान व जलाभरण के स्रोत सब हिन्दुओं के लिए खुले हों; हिन्दुओं के अनेकविध पंथ-संप्रदाय, भाषा, प्रांत, जातियों के गौरवास्पद महापुरुषों के नाम पर होने वाले कार्यक्रमों, उत्सवों में सब हिन्दुओं की सहभागिता हो, यह पहल करनी पड़ेगी। इस कार्य का स्वयं से प्रारंभ हम आज ही कर सकते हैं। कालक्रम में संकुचित हुए अपने आत्मीयता के दायरे के लिए यह एक सीमोल्लंघन आज हम अनिवार्य रूप से कर लें।

हमारे पास दर्शनों की कमी नहीं है। अपने शाश्वत मूल्यों के आधार पर व्यक्तिगत व सामूहिक जीवन का कालसुसंगत विचार भी अनेक महापुरुषों ने रखा है। पं. दीनदयाल जी उपाध्याय के द्वारा प्रतिपादित एकात्म मानव दर्शन के आविर्भाव का 50वां वर्ष चल रहा है। सौभाग्य से प्रामाणिकता व निःस्वार्थ बुद्धि से राष्ट्र कल्याण के लिए अपने आप्त पूर्वजों के द्वारा दिए गए उन स्वानुभूत उपदेशों को चरितार्थ करने का संकल्प भी देश का नेतृत्व करने वाले व्यक्तियों में विद्यमान दिख रहा है। समाज में सजगता, एकात्मता, व्यक्तिगत व राष्ट्रीय चारित्र्य, अनुशासन इत्यादि सद्‌गुणों के आधार पर धैर्यपूर्वक सामूहिक उद्यम खड़ा हो तो अपने सामने खड़ी सारी चुनौतियों व संकटों को पार कर स्वयं के उदाहरण से संतुलित, सुखी, सर्वांग सुंदर, वैश्विक जीवन का पथ प्रदर्शक राष्ट्र जीवन खड़ा करना शीघ्र संभव होगा।

विजयादशमी विजयपर्व है। राष्ट्र के सामने प्रकट यह नये विजय का क्षितिज हमको ललकार रहा है। प्रतिपदा से लेकर नवमी तक जाग्रत रहकर सामूहिक शक्ति की उपासना चली, तब दैवीशक्तियुक्त देवगणों को विजयादशमी की विजय प्राप्ति का अवसर देखने को मिला। राष्ट्रीय स्वयंसेवक संघ 1925 से आज तक इसी दैवशक्तियुक्त, शक्तिसंपन्न, संगठित समाज की निर्मिति में लगा है। समाज में वातावरण निर्मित होने से आचरण का परिवर्तन होता है, उसी के बल पर व्यवस्था परिवर्तन यशस्वी होता है। जितना बड़ा अपना समाज है, जितनी गंभीर व जटिल अंतर्गत व बाह्य समस्याओं का घेरा उस पर लगा है और जितने भव्य प्रयोजन की सिद्धि के लिए अपने इस राष्ट्र का अस्तित्व है, उसको देखते हुए अभी बहुत कार्य होना बाकी है। अपने राष्ट्रीय स्वत्व-हिन्दुत्व का गौरव मन में जगाकर उस गौरव के अनुरूप सद्‌गुणों को अपने स्वभाव का अंग बनाकर देश के लिए संगठित होकर

जीवन जीने वाले तथा प्राण सर्वस्व अर्पण करने की तैयारी रखने वाले व्यक्तियों के निर्माण का यह कार्य राष्ट्रीय स्वयंसेवक संघ अपने जीवन के प्रारंभ से करता आया है। सभी को अपने अंदर समा लेने वाला, सर्व समावेशक, सर्वव्यापक सत्य ही हिन्दुत्व है। वही अपना स्वत्व है। इसलिए राष्ट्रीय स्वयंसेवक संघ की शाखा गांव-गली-मोहल्ले में घर-घर तक पहुंचानी पड़ेगी। अपने इस सनातन राष्ट्र के उस स्वरूप के खड़े होने की प्रतीक्षा सारा विश्व कर रहा है, जिसके बारे में किसी कवि ने यह कहा है–

'विश्व का हर देश जब भी, दिग्भ्रमित हो लड़खड़ाया,
सत्य की पहचान करने, इस धरा के पास आया।
भूमि यह हर दलित को पुचकारती, हर पतित को उद्धारती,
धन्य देश महान, धन्य हिन्दुस्थान।'

उस महान देश की नवनिर्मिति में सहयोग का आह्वान करता हुआ मैं अपना निवेदन समाप्त करता हूं।

...भारत माता की जय...

संघ और मोदी का साथ

भाजपा को केंद्र की सत्ता में स्थापित करने में नरेंद्र मोदी की शख्सियत और मेहनत के अलावा राष्ट्रीय स्वयंसेवक संघ की महत्त्वपूर्ण भूमिका से भी इनकार नहीं किया जा सकता।

केंद्र में वर्ष 2014 में नरेंद्र मोदी की सरकार बनने के बाद ही सवाल उठने लगे थे कि क्या सरकार के कामकाज में अब राष्ट्रीय स्वयंसेवक संघ का दखल बढ़ जाएगा? अथवा पूर्व प्रचारक मोदी अब राष्ट्रीय स्वयंसेवक संघ को कितनी महत्ता देंगे? राष्ट्रीय स्वयंसेवक संघ (आरएसएस) अपने साथी संगठन भाजपा के नवनिर्वाचित प्रधानमंत्री के कामकाज से कितना खुश है और दोनों एक-दूसरे को कितना सहयोग कर रहे हैं, उस पर एक नजर:

स्वयंसेवकों को सौ फीसदी वोटिंग का निर्देश

ऐसा पहली बार हुआ कि सरसंघचालक मोहन भागवत ने वर्ष 2013 में संघ के स्थापना दिवस विजयादशमी के शुभ अवसर पर स्वयंसेवकों को सौ फीसदी वोटिंग कराने का निर्देश दिया। स्वयंसेवकों ने ऐसा किया भी। नतीजतन नरेंद्र मोदी ने वर्ष 2014 के लोकसभा चुनावों में भारी जनादेश के साथ जनता की स्वीकृति अर्जित की। इसी के साथ सरसंघचालक मोहन भागवत ने उनके सहयोगी भाजपा के लालकृष्ण आडवाणी और मुरली मनोहर जोशी जैसे कद्दावर नेताओं को 'मार्गदर्शक' की भूमिका देने और नरेंद्र मोदी को प्रधानमंत्री पद तक पहुंचाने की अपनी पुरजोर कोशिशों में कामयाबी प्राप्त की।

समय देने का फैसला

सरसंघचालक मोहन भागवत और राष्ट्रीय स्वयंसेवक संघ ने अपने सम्मिलित विचारानुसार मोदी सरकार को अपनी स्थिति मजबूत करने के लिए समय देने का फैसला किया है। शायद संघ नरेंद्र मोदी को प्रधानमंत्री

और सरकार के प्रमुख के तौर पर सांस लेने का वक्त देना चाहता है। यही वजह है कि अपने प्रमुख मसलों पर भी संघ ने नरमी बरती है। स्वदेशी के पैरोकार संघ ने मोदी के 'मेक इन इंडिया' का विरोध नहीं किया, क्योंकि संघ का मानना है कि 'मेक इन इंडिया' के तहत भारत के लोगों को रोजगार मिलेगा। सरकार की आर्थिक नीतियां किसानों, मजदूरों और आम आदमी के हित में होनी चाहिए।

घर वापसी का ऐलान

मोदी सरकार को लेकर नरम रुख अख्तियार करने वाले राष्ट्रीय स्वयंसेवक संघ ने धर्म जागरण अभियान चलाने का फैसला किया है। इसके जरिए हिन्दू धर्म छोड़कर गए लोगों की वापसी का काम किया जा रहा है। घर वापसी के कार्यक्रमों से विपक्षी दलों को सरकार पर हमला बोलने का मौका मिला है। विपक्ष के तेवर पर सरसंघचालक मोहन राव भागवत ने घर वापसी के मुद्दे पर कहा है– 'जो लोग चाहते हैं कि अन्य मत-पंथों के लोग हिन्दू न बनें, तो वे यह भी सुनिश्चित करें कि कोई हिन्दू भी अन्य मत में न लाया जाए। यदि कभी किसी ने हमारी संपत्ति चोरी कर ली है और अब हम उसे वापस ला रहे हैं, तो इसमें किसी को दिक्कत क्यों हो रही है? जिन लोगों को घर वापसी से दिक्कत हो रही है, उन्हें मतातंरण विरोधी कानून बनाना चाहिए। हमें किसी से डरने की आवश्यकता नहीं है, हम अपने देश में हैं और सभी को यह समझ लेना चाहिए कि यह हिन्दू राष्ट्र है। हिन्दू अपनी धरती नहीं छोड़ेगा और पहले जो जमीन हमारे पास से चली गई है, उसे वापस लाने का प्रयास किया जाएगा। हिन्दुओं के बिना कोई भी राजनीतिक दल भारत में शासन नहीं कर सकता है। इसके बावजूद कुछ नेता हिन्दुओं का विरोध कर रहे हैं।'

भूमि अधिग्रहण बिल

राष्ट्रीय स्वयंसेवक संघ की बैठकों में भूमि अधिग्रहण बिल को लेकर भारतीय किसान संघ के नेताओं का गुस्सा भी मोदी सरकार पर हर बार जमकर फूटता है। किसान संघ के पदाधिकारियों का कहना है कि तमाम हिदायतों के बावजूद सरकार ने उनसे कोई सलाह-मशविरा नहीं किया।

खैर, सरसंघचालक मोहन भागवत और उनके सहयोगी इस स्थिति पर नजर रखे हुए हैं। उनका कहना है कि भूमि अधिग्रहण विधेयक बुरा नहीं है और उस पर मतभेदों को बातचीत से सुलझाना चाहिए।

विस्तार की योजना

राष्ट्रीय स्वयंसेवक संघ का काम अभी 33,223 जगहों पर है। इनमें से 60 फीसदी ग्रामीण क्षेत्र में है। 10-10 गांवों पर एक मंडल है। कुल 55,000 मंडलों का गठन किया गया है। 1925 में संघ की स्थापना के समय लक्ष्य तय किया गया था कि देश के सभी प्रांतों में पहुंचना है। डॉ. हेडगेवार के सरसंघचालक रहते हुए 15 वर्षों में सभी प्रांतों में संघ पहुंचा था। उसके बाद सभी जिलों और फिर विकास खंडों में पहुंचने का लक्ष्य रखा गया। वर्तमान सरसंघचालक मोहन भागवत जी का कहना है–'सरकार के साथ तालमेल के अलावा संघ अपने विस्तार पर भी काम कर रहा है। देश के 68,177 ब्लाकों में से संघ का काम 86 फीसदी में पहुंच गया है। उम्मीद है कि एक साल में सभी ब्लॉकों में संघ का काम पहुंच जाएगा। अभी देश में 51,330 शाखाएं रोजाना लग रही हैं। जीवन में आपाधापी बढ़ी है। ऐसे में लोग रोजाना शाखाओं में नहीं आ सकते। इसी कारण साप्ताहिक और मासिक शाखाओं का भी आयोजन किया जा रहा है। इंटरनेट के द्वारा भी संघ लोगों को अपने साथ जोड़ने का कार्य करता है।'

मुद्दों पर फैसला

कुछ मुद्दे ऐसे हैं, जिन पर सरकार को फैसले लेने में परेशानी हो रही है, जिसकी वजह से उसने चुप्पी साध रखी है। चाहे वह राम मंदिर का निर्माण कार्य हो या अनुच्छेद 370 को समाप्त करने की बात अथवा संघ से जुड़े संगठनों द्वारा दो अलग-अलग अभियान शुरू करने का फरमान, जिसमें एक कथित 'लव जिहाद' के खिलाफ छेड़ा गया था और दूसरा हिन्दू धर्म में पुनः परिवर्तन या 'घर वापसी' का था।

संघ के नेताओं की नाराजगी के साथ यह सवाल भी उठ रहा है कि बरसों से अपने-अपने मुद्दों और नीतियों को लेकर संघर्ष कर रहे संगठन क्या मोदी सरकार के फैसलों पर चुप रहेंगे? क्या संगठन अपने कार्यकर्ताओं के हितों की बलि चढ़ा देंगे? संगठनों के नेता इसके लिए तैयार नहीं हैं।

संघ प्रमुख मोहन भागवत, संघ और केंद्र सरकार के टकराव की स्थिति को टालने के लिए प्रतिबद्ध हैं। वे अपने साथी संगठन भाजपा के साथ तालमेल मिलाकर काम करना चाहते हैं। अब यह केंद्र सरकार का काम है कि वे कब सभी संगठनों को बुलाकर मिल-बैठकर उनके साथ इन मुद्दों पर चर्चा करना चाहते हैं? सरकार को ऐसे फैसले करने होंगे, जिससे स्वयंसेवकों और कार्यकर्ताओं को

यह अहसास हो कि यह उनकी सरकार है, जहां उनकी भी सुनवाई होती है।

हालांकि सरकार फिलहाल इन मसलों पर कोई कदम उठाती नहीं दिख रही है। वैसे भी राष्ट्रीय स्वयंसेवक संघ ने मोदी सरकार को अपनी तरफ से एक साल फ्री-हैंड काम करने का वक्त दिया था, जो मई 2015 में पूरा हो चुका है। अब देखना है कि राष्ट्रीय स्वयंसेवक संघ के फैसले क्या होते हैं? सरसंघचालक मोहन भागवत यह अच्छी तरह जानते हैं कि भारतीय जनता पार्टी के लिए गली-गली, मोहल्ले-मोहल्ले और परिवारों तक पैठ बनाने वाला कार्यकर्ता राष्ट्रीय स्वयंसेवक संघ से ही आता है। ऐसी स्थिति में भाजपा और मोदी को संघ की जरूरत है, संघ को उनकी नहीं। भले ही पूर्व आरएसएस प्रचारक और गुजरात के पूर्व मुख्यमंत्री नरेंद्र मोदी ने खुद को बेहद मजबूत शख्सियत के रूप में तब्दील किया है, लेकिन इसमें उन्हें संघ का भी भरपूर साथ तथा समर्थन मिला है। ऐसे में मोदी शायद संघ की अहमियत को अच्छी तरह समझते हैं।

अब यह सरसंघचालक मोहन भागवत जी की जिम्मेदारी है कि वे इन स्थितियों से किस तरह निपटते हैं? अपने व्यापक और विस्तृत दृष्टिकोण से तमाम स्थितियों की सुविधा-असुविधा का ध्यान रखते हुए, प्रत्येक पहलू की जांच-पड़ताल करते हुए केंद्र सरकार के साथ तालमेल बनाकर संतुलन के साथ चलते हुए हरेक मुद्दों का कुशलतापूर्वक निपटारा वे किस प्रकार करेंगे, यह देखना अभी बाकी है।

केंद्र सरकार को मिला संघ का साथ

राष्ट्रीय स्वयंसेवक संघ की सर्वोच्च निर्णायक मंडल अखिल भारतीय प्रतिनिधि सभा की तीन दिवसीय वार्षिक बैठक 13-15 मार्च, 2015 तक रेशमबाग, नागपुर में आयोजित की गई। संघ में नीति निर्धारण और निर्णय लेने वाली यह सर्वोच्च इकाई है।

13 मार्च, 2015 की सुबह 8.30 बजे सरसंघचालक डॉ. मोहन भागवत ने प्रतिनिधि सभा की बैठक का विधिवत उद्‌घाटन करके कार्यक्रम की शुरुआत की। यह तीन दिवसीय बैठक राष्ट्रीय स्वयंसेवक संघ के सरसंघचालक डॉ. मोहन भागवत तथा सरकार्यवाह सुरेश भय्या जी जोशी की अध्यक्षता में संपन्न हुई।

तीन दिवसीय बैठक में देश के विभिन्न हिस्सों की शाखाओं से निर्वाचित प्रतिनिधि, संघ के प्रांत स्तर के निर्धारित कार्यकर्ता, संघ के अनुषंगिक (संघ परिवार) संगठनों से चिह्नित राष्ट्रीय पदाधिकारी, किसानों के मध्य कार्यरत भारतीय किसान संघ, वनवासी क्षेत्र में कार्यरत वनवासी कल्याण आश्रम, संत समाज में कार्यरत विश्व हिन्दू परिषद्, मजदूर संगठनों में कार्यरत भारतीय मजदूर संघ, छात्रों में कार्यरत अखिल भारतीय विद्यार्थी परिषद्, समाज के विशेष क्षेत्रों में निर्धारित लक्ष्य के साथ कार्यरत सीमा सुरक्षा परिषद्, पूर्व सैनिक परिषद् के प्रतिनिधि भी बैठक में उपस्थित थे।

इनके अलावा शिक्षा क्षेत्र में विद्या भारती, क्रीड़ा भारती, विज्ञान भारती, देववाणी संस्कृत के प्रचार में लगी संस्था संस्कृत भारती, संस्कार भारती, लघु उद्योग भारती, स्वदेशी जागरण मंच, शैक्षिक महासंघ, दीनदयाल शोध संस्थान, भारत विकास परिषद्, राष्ट्रीय सेविका समिति, सेवा भारती, धर्म जागरण संगठनों के पदाधिकारी भी प्रतिनिधि सभा की बैठक में उपस्थित थे।

समस्त संस्थाओं के प्रतिनिधि संगठन की गतिविधियों की जानकारी बैठक में रखी गई। राष्ट्रीय स्वयंसेवक संघ के भी प्रांत अनुसार कार्य, गतिविधियों की जानकारी सबके समक्ष रखी गई। इस बैठक के दौरान

देश-समाज से संबंधित महत्त्वपूर्ण विषयों पर चर्चा हुई, विचार-विमर्श हुए, सुझाव-सलाह दिए गए तथा सर्व सहमति से आवश्यक विषयों पर प्रस्ताव पारित किए गए।

नागपुर (महाराष्ट्र) राष्ट्रीय स्वयंसेवक संघ का उद्गम (जन्म) स्थल है, जहां डॉ. हेडगेवार ने सन् 1925 में विजयादशमी के दिन संघ की नींव रखी थी। प्रतिनिधि सभा की तीन दिवसीय बैठक में देश के विभिन्न हिस्सों से चुने हुए प्रतिनिधियों सहित करीब 1500 कार्यकर्ताओं और पदाधिकारियों ने भाग लिया।

यह संघ परिवार के शीर्ष अधिकारियों की सबसे बड़ी बैठक थी। यहां राम मंदिर, अनुच्छेद 370 तथा अन्य कई विवादास्पद मुद्दों पर कोई चर्चा नहीं की गई। हालांकि बैठक में प्रस्तुत राष्ट्रीय स्वयंसेवक संघ की सालाना रिपोर्ट में मोदी सरकार को दबाव से बाहर निकालने का प्रयास अवश्य दिखाई दिया। सालाना रिपोर्ट में उल्लेख किया गया कि– 'राष्ट्र' अपेक्षा करता है कि सरकार जनता की उम्मीदों को समझे और उसके अनुसार काम करे। लोग भी सरकार की सीमाओं को समझते हैं।' सरसंघचालक मोहन भागवत मानते हैं कि कई साल बाद 'भारतीय दर्शन' के लिए प्रतिबद्ध एक टीम निर्णय लेने के केंद्र में है। अतः राष्ट्र के हित के लिए सरकार और संघ दोनों के बीच एक संतुलन बनाकर चलना होगा, तभी विकास की गति जोर पकड़ेगी।

संघ ने जम्मू-कश्मीर में भाजपा-पीडीपी की सरकार को नया प्रयोग बताते हुए उसे कुछ समय देने की वकालत भी की। मुफ्ती सरकार में पैदा हुए विवादों पर संघ के संयुक्त महासचिव दत्तात्रेय होसबेले ने कहा कि देश नाराज है, संघ भी इन घटनाओं से खुश नहीं है, लेकिन यह नहीं मान लेना चाहिए कि सरकार असफल हो गई है, ये शुरुआती समस्याएं हैं। हमें इस प्रयोग को सफल होने के लिए समय और मौका देना चाहिए। जम्मू-कश्मीर का मुद्दा गठबंधन के दो दलों का नहीं है, यह राष्ट्रीय भावनाओं से जुड़ा है। यदि गठबंधन सफल होता है, तो यह अच्छा होगा।

यह सोचना सही नहीं है कि कुछ समस्याओं के कारण गठबंधन समाप्त कर देना चाहिए। भाजपा संगठन में काम कर रहे संघ के पूर्णकालिकों की भी समीक्षा इस बैठक में हुई। बैठक में भाजपा की तरफ से पार्टी अध्यक्ष अमित शाह, संगठन महासचिव रामलाल और राम माधव ने प्रमुख रूप से हिस्सा लिया। भाजपा के बढ़ते विस्तार को देखते हुए संघ लगभग 100 नये पूर्णकालिक प्रचारक भाजपा संगठन को दे सकता है, इसकी भी संभावना व्यक्त की गई। साथ ही भाजपा में बड़े स्तर पर संगठनात्मक बदलाव होने के भी संकेत दिए गए।

राष्ट्रीय स्वयंसेवक संघ की नई अखिल भारतीय कार्यकारिणी

नागपुर (महाराष्ट्र) में आयोजित राष्ट्रीय स्वयंसेवक संघ की तीन दिवसीय 13-15 मार्च, 2015 अखिल भारतीय प्रतिनिधि सभा की बैठक के अंतिम दिन नई राष्ट्रीय कार्यकारिणी की घोषणा की गई। कार्यकारिणी में आंशिक रूप से ही बदलाव हुआ है, सह सरकार्यवाह के पद पर नई तैनाती हुई है। अखिल भारतीय प्रतिनिधि सभा की शुरुआत 13 मार्च, 2015 शुक्रवार को तथा समापन 15 मार्च, 2015 रविवार को हुआ।

नई घोषित राष्ट्रीय कार्यकारिणी प्रमुख

सरसंघचालक	-	डॉ. मोहन राव भागवत
सरकार्यवाह	-	सुरेश भय्या जी जोशी
सह सरकार्यवाह	-	सुरेश सोनी
सह सरकार्यवाह	-	डॉ. कृष्ण गोपाल
सह सरकार्यवाह	-	दत्तात्रेय होसबेले
सह सरकार्यवाह	-	वी. भागैय्या
अखिल भारतीय बौद्धिक प्रमुख	-	स्वांत रंजन
अखिल भारतीय सह बौद्धिक प्रमुख	-	मुकुंद सीआर
अखिल भारतीय प्रचारक प्रमुख	-	डॉ. मनमोहन वैद्य
अखिल भारतीय सह प्रचारक प्रमुख	-	जे. नंद कुमार
अखिल भारतीय प्रचारक प्रमुख	-	सुरेश चंद्र
अखिल भारतीय सह प्रचारक प्रमुख	-	विनोद कुमार
अखिल भारतीय संपर्क प्रमुख	-	अनिरुद्ध देशपांडे
अखिल भारतीय सह संपर्क प्रमुख	-	अरुण कुमार
अखिल भारतीय सह संपर्क प्रमुख	-	सुनील देशपांडे
अखिल भारतीय सेवा प्रमुख	-	सुहास हिरेमठ

अखिल भारतीय सह सेवा प्रमुख	–	अजीत महापात्रा
अखिल भारतीय सह सेवा प्रमुख	–	गुणवंत कोठारी
अखिल भारतीय व्यवस्था प्रमुख	–	मंगेश भेंडे
अखिल भारतीय सह व्यवस्था प्रमुख	–	अनिल ओक
अखिल भारतीय शारीरिक प्रमुख	–	सुनील कुलकर्णी
अखिल भारतीय सह शारीरिक प्रमुख	–	जगदीश प्रसाद

भागवत के सहयोगी अब केंद्रीय मंत्री

भाजपा से संघ का संबंध कांग्रेस और सेवादल का जैसा संबंध न था, न है और न हो सकता है। सामाजिक-सांस्कृतिक प्रवाह से राजनीति उत्पन्न होती है और उसका निरंतर परिष्कार होता है, उसकी दिशा निर्धारित होती है। संघ राजनीति को अपने अनुकूल नहीं, समाज सापेक्ष बनाने के उद्देश्य से हस्तक्षेप करता है, लेकिन वह हस्तक्षेप इसकी मूल प्रकृति को परिवर्तित नहीं करता है। संघ परजीविता के भाव से मुक्त संगठन है।

वर्तमान राजनीतिक परिवर्तन अहम और गुणात्मक रूप से भिन्न है। संघ राष्ट्र निर्माण को समाज-संस्कृति की रचना से जोड़ता है। इसलिए सकारात्मक कार्यों में इसकी तत्परता देखी जा सकती है। 1977 में जनता सरकार ने 'प्रौढ़ शिक्षा कार्यक्रम' चलाया, जिसे संघ के स्वयंसेवकों ने सफल बनाया तो आरोप लगाया गया कि संघ की घुसपैठ हो रही है। इतिहास बोध इसे गलत साबित करता है। नेहरु सरकार के खाद्य सचिव ने नेहरु को लिखा था– 'खाद्य अभियान में संघ से सहयोग की आवश्यकता है।' संघ 1984 में लगे प्रतिबंध से जला-भुना था, पर नेहरु के आग्रह पर संघ इसमें कूद पड़ा। क्या तब भी इसके राष्ट्रीय योगदान को घुसपैठ माना जाएगा?

सकारात्मक वैकल्पिक पहल एवं नीतियों के दृढ़तापूर्वक प्रतिपादन के लिए नये अवसरों के समय देश के सामने आर्थिक असमानता, जनसंख्या और पर्यावरण जैसे मुद्दे भी संघ को कम उद्वेलित नहीं करते हैं। वर्तमान वातावरण संघ के लिए विरोधी शक्तियों के स्थान पर रूपांतरणकारी शक्तियों पर ध्यान केंद्रित करने का संकेत अवश्य देता है। इसलिए अब तक गुमनाम रहकर काम करने वाले राष्ट्रीय स्वयंसेवक संघ (आरएसएस) के प्रचारक एनडीए की सत्ता का नया चेहरा बनकर उभरे। राजनीति और राजनैतिक सत्ता से दूर रहने वाले ये पदाधिकारी केंद्र और विभिन्न राज्यों में सक्रिय योगदान कर रहे हैं।

ये प्रचारक आरएसएस की रीढ़ के समान है। आरएसएस की सोच-समझ, उसकी हिन्दुत्ववादी विचारधारा के प्रति समर्पित लगभग 2500 की संख्या

में देश-भर में फैले हुए ये प्रचारक अनुशासित सांस्कृतिक राष्ट्रवादी होते हैं, इनमें अधिकांश ब्रह्मचर्य व्रत का पालन करते हैं और अपना पूरा जीवन समाज सेवा तथा राष्ट्रीय स्वयंसेवक संघ के मंत्र के प्रचार-प्रसार में समर्पित कर देते हैं। ये प्रचारक राजनीति और राजनैतिक सत्ता से भी एकदम दूर बने रहते हैं और उसमें तभी सहभागी बनते हैं, जब संगठन के काम के लिए उन्हें भाजपा जैसे सहयोगी संगठनों में भेजा जाता है।

दशकों पहले पहली बार संघ ने अपने सबसे चर्चित प्रचारक दीनदयाल उपाध्याय को भारतीय जनसंघ में श्यामा प्रसाद मुखर्जी की मदद के लिए भेजा था। तभी से पार्टी में संगठन के काम के लिए संघ प्रचारकों को नियुक्त करने का सिलसिला भाजपा में चला आ रहा है। मोदी के सत्ता में आने के बाद उनकी मांग बढ़ गई है। चुपचाप काम करने वाले, खांटी आरएसएस प्रचारक विचारधारा के प्रति पूरी निष्ठा के साथ संगठन और जनसंपर्क की कला में माहिर होते हैं और भाजपा में नियुक्त होने पर संगठन मंत्री (महासचिव, संगठन) का पदभार संभालते हैं। इनमें से कुछ ही ने अपने रास्ते बदले। प्रधानमंत्री मोदी ने संगठन मंत्री रहते हुए राजनीति में जाने की इच्छा जाहिर की और एक विरले अपवाद की तरह उन्हें यह छूट मिल भी गई। जाहिर है राजनैतिक संस्कृति और राष्ट्रीय स्वयंसेवक संघ की कार्यशैली एक हो गई है।

प्रधानमंत्री नरेंद्र मोदी की सत्ता में राष्ट्रीय स्वयंसेवक संघ के प्रचारकों की भूमिका पीढ़ीगत बदलाव का ही प्रतीक है। सरसंघचालक मोहन भागवत के सहयोगी और करीबी मित्र रहे कई आरएसएस प्रचारक वर्तमान समय में भाजपा की रणनीति में केंद्रीय भूमिका निभा रहे हैं। प्रचारक से संगठन मंत्री बनी यह जमात खुलकर सत्ता में भागीदारी कर रही है। संगठन संचालन में मंत्री पद की जिम्मेदारी भी पूर्व में स्वयंसेवक रहे लोग उठा रहे हैं। ये संगठन मंत्री ऐसे विरले नेता हैं, जिन्हें पार्टी और संघ के भीतर हर चर्चा की जानकारी होती है।

तो आइए, एक नजर डालते हैं उन प्रचारक नेताओं पर, जो सरसंघचालक मोहन भागवत के सहयोगी होने के साथ-साथ वर्तमान में भाजपा में भी मंत्री पद पर कार्यरत हैं।

राम माधव

49 वर्षीय राम माधव लंबे समय तक आरएसएस के अखिल भारतीय सह संपर्क के पद पर रहे। आरएसएस के प्रवक्ता के रूप में वे एक परिचित चेहरा है। भाजपा के सत्ता में आने के दो महीने बाद जुलाई

2014 में उन्हें पार्टी महासचिव नियुक्त किया गया। पार्टी कार्यकर्ताओं में उनकी भारी मांग है और भाजपा मुख्यालय में उनके कार्यालय में सबसे अधिक आवाजाही रहती है। पर्दे के पीछे सक्रिय रहकर मध्यस्थ की भूमिका बखूबी निभाते हैं। उन्होंने संघ परिवार में प्रधानमंत्री पद के उम्मीदवार मोदी को लेकर उभरी गलतफहमियां दूर कीं। जम्मू-कश्मीर में भी पार्टी की चुनावी रणनीति को तराशने का काम उन्होंने बखूबी किया। कश्मीर घाटी में हुर्रियत विरोधी मुसलमानों को लुभाने के लिए 'पीपल्स कॉन्फ्रेंस' के नेता सज्जान लोन को भाजपा की तरफ खींचने का श्रेय उन्हें ही जाता है। सरकार और संघ परिवार के बीच तालमेल बनाए रखने में उनकी भूमिका बेहद अहम है। संघ के अनुषंगिक संगठनों में आर्थिक सुधारों को लेकर तमाम तरह की आशंकाओं को दूर करने का मुख्य जिम्मा उनका ही है।

जे.पी. नड्डा

पटना में जन्मे और बड़े हुए नड्डा ने जयप्रकाश आंदोलन में हिस्सा लिया था और 'अखिल भारतीय विद्यार्थी परिषद्' (अभाविप) के जरिए पटना विश्वविद्यालय की छात्र राजनीति में कदम रखा था। विद्यार्थी परिषद् में उनका कद तब बढ़ा, जब 1980 के दशक के शुरू में वे अपने गृह राज्य हिमाचल प्रदेश पहुंचे और दशक के उत्तरार्द्ध में दिल्ली में परिषद् के संगठन मंत्री बने। उन्होंने पूर्णकालिक प्रचारक की तरह अभाविप के लिए कार्य किया और पूर्व में तीन भाजपा अध्यक्षों– नितिन गडकरी, राजनाथ सिंह और अमित शाह–के मातहत पार्टी महासचिव रह चुके हैं। वर्तमान में वे मोदी सरकार में केंद्रीय स्वास्थ्य एवं परिवार कल्याण मंत्री के पद पर कार्यरत हैं। उनके सामने 'सबके लिए स्वास्थ्य सुविधाएं' मुहैया करवाने के नरेंद्र मोदी के चुनावी वादे को पूरा करने की महती चुनौती है। स्वास्थ्य सुधारों के अगले चरण को सख्ती से आगे बढ़ाने के लिए नरम रुख वाले हर्षवर्धन की जगह नरेंद्र मोदी ने उन्हें चुना।

ओ.पी. माथुर

राष्ट्रीय स्वयंसेवक संघ के पूर्व प्रचारक रहे ओ.पी. माथुर, राजस्थान में भाजपा के संगठन मंत्री भी रह चुके हैं। महाराष्ट्र में भाजपा की जीत के बाद उन्हें उत्तर प्रदेश में पार्टी प्रबंधन का महत्त्वपूर्ण कार्य सौंपा गया। अब उनका लक्ष्य है 2017 में उत्तर प्रदेश में विधानसभा चुनावों में भाजपा को जीत दिलाना।

सुनील बंसल

राष्ट्रीय स्वयंसेवक संघ के प्रचारक सुनील बंसल वर्ष 2014 के शुरू तक 'अखिल भारतीय विद्यार्थी परिषद्' में पूरी तरह सक्रिय रहे। इसी वर्ष संघ के वरिष्ठ नेता सुरेश सोनी ने उन्हें हैदराबाद बुलाकर कहा कि अब आपको विद्यार्थी परिषद् से मुक्त किया जा रहा है। एक दिन बाद उन्हें भाजपा को सौंप दिया गया और अमित शाह का सहायक बना दिया गया। पार्टी अध्यक्ष ने उन्हें उत्तर प्रदेश में चुनाव प्रबंधन की जिम्मेदारी सौंपी। जल्द ही बंसल, अमित शाह की टीम के अपरिहार्य अंग बन गए। उत्तर प्रदेश में लोकसभा चुनाव 2014 में अभूतपूर्वक संसदीय जीत के बाद उन्हें प्रदेश इकाई का संगठन महासचिव नियुक्त किया गया। अमित शाह के भाजपा अध्यक्ष बनने के बाद सुनील बंसल को महाराष्ट्र चुनाव का प्रबंधन सौंपा गया। इस समय बंसल की पहचान मोदी और शाह की जोड़ी के भरोसेमंद सहायक की हो गई है। अब उनकी सबसे बड़ी चुनौती 2017 के विधानसभा चुनाव से पहले उत्तर प्रदेश में भाजपा का संगठन फिर खड़ा करने की है।

धर्मेंद्र प्रधान

उनकी शुरुआत 1980 के दशक के आरंभ में 'अखिल भारतीय विद्यार्थी परिषद्' की ओडिशा इकाई के सह-संगठन मंत्री के रूप में हुई और वे पूरे समय परिषद् में रहे। वे भी भाजपा के युवा मोर्चा में गए, फिर गडकरी ने उन्हें दिल्ली लाकर पार्टी महासचिव नियुक्त कर दिया। मंत्री होने के बावजूद प्रधान भाजपा के सक्रिय कार्यकर्ता हैं। यह गुण तब पूरी तरह सामने आया, जब मंत्री का काम छोड़कर वे दो सप्ताह तक महाराष्ट्र में पार्टी के चुनाव प्रचार में मदद करते रहे। प्रधानमंत्री मोदी ने उन्हें केंद्रीय पेट्रोलियम मंत्री बनाने के लिए सही दावेदार मानते हुए यह पद सौंपा। प्रधानमंत्री का सपना देश की ऊर्जा सुरक्षा और 'मेक इन इंडिया' अभियान के तहत आर्थिक गतिविधियों को प्रशस्त करने के लिए सरकारी तेल कंपनियों का उपयोग जरूरी करने और इसे अंजाम देने का काम धर्मेंद्र प्रधान के भरोसेमंद कंधों पर है।

मनोहर लाल खट्टर

60 वर्षीय मनोहर लाल खट्टर भी संघ के पुराने प्रचारकों में से एक हैं, जो हरियाणा में भाजपा के संगठन मंत्री की जिम्मेदारी संभाल चुके हैं

और पर्दे के पीछे रहकर काम करते रहे हैं। राज्य विधानसभा चुनाव 2014 में भाजपा की जबरदस्त सफलता के बाद उन्हें हरियाणा में भारतीय जनता पार्टी का पहला मुख्यमंत्री नियुक्त किया गया है। अब उनके सामने चुनौती है सुशासन से पूरे राज्य में भाजपा की पैठ बढ़ाना और पार्टी को राज्य की राजनीति में पूरी तरह से स्थापित करना।

मुरलीधर राव

अखिल भारतीय विद्यार्थी परिषद् के एक और संगठन मंत्री का भाजपा में उन्नयन हुआ है। वे हैं राष्ट्रीय महासचिव मुरलीधर राव। हैदराबाद के उस्मानिया विश्वविद्यालय में छात्र नेता राव ने कम्युनिस्टों से लोहा लिया। 1990 के दशक के शुरू में स्वदेशी जागरण मंच में जाने से पहले वे जम्मू-कश्मीर और राजस्थान में परिषद् के संगठन मंत्री बनाए गए। राव पर भी भाजपा प्रमुख नितिन गडकरी की नजर पड़ी और उन्होंने उन्हें पार्टी अध्यक्ष के कार्यालय से जोड़ दिया। गडकरी के बाद राजनाथ सिंह ने राव को भाजपा महासचिव के पद पर नियुक्त किया और वर्तमान में अमित शाह के भाजपा अध्यक्ष बनने के बाद भी वे इसी पद पर अवस्थित हैं।

रामशंकर कठेरिया

दलित समुदाय के पूर्व प्रचारक रामशंकर कठेरिया को लोकसभा चुनाव में भाजपा को दलित समुदाय का समर्थन मिलने के बाद उत्तर प्रदेश में दलित नेता के रूप में उभारा जा रहा है। उनके महत्त्व का अंदाजा इसी बात से लगाया जा सकता है कि अमित शाह ने कठेरिया को पार्टी का राष्ट्रीय महासचिव नियुक्त किया और उन्हें पंजाब तथा छत्तीसगढ़ की जिम्मेदारी सौंपी। बाद में प्रधानमंत्री नरेंद्र मोदी ने कठेरिया को मानव संसाधन विकास राज्यमंत्री बनाया।

इसके अलावा प्रधानमंत्री मोदी ने अपने मंत्रिमंडल में संघ के अनेक प्रचारकों को शामिल किया है–

शिव प्रकाश

शिव प्रकाश लोकसभा चुनाव होने तक पश्चिमी उत्तर प्रदेश में संघ के प्रचारक थे। अब उन्हें पार्टी का संयुक्त महासचिव बनाया गया है।

बी.एल. संतोष

बी.एल. संतोष कर्नाटक में राज्य संगठन मंत्री थे। उन्हें और शिव प्रकाश को पार्टी का संयुक्त महासचिव बनाया गया है।

विष्णु दत्त शर्मा

विष्णु दत्त शर्मा 'मध्य प्रदेश विद्यार्थी परिषद्' में थे। उन्होंने झारखंड के चुनाव प्रबंधन में महत्त्वपूर्ण भूमिका निभाई।

सुदर्शन भगत

सुदर्शन भगत, झारखंड में 'अखिल भारतीय विद्यार्थी परिषद्' के संगठन मंत्री थे। अब वे केंद्रीय ग्रामीण विकास राज्य मंत्री के पद पर पार्टी के साथ कार्यरत हैं।

चंद्रकांत पाटिल

चंद्रकांत पाटिल 1990 के दशक के मध्य में 'अखिल भारतीय विद्यार्थी परिषद्' के संगठन मंत्री के रूप में कार्यरत थे। महाराष्ट्र में भाजपा की सरकार में पाटिल लोक निर्माण मंत्री हैं।

विनोद तावड़े

विनोद तावड़े भी 'अखिल भारतीय विद्यार्थी परिषद्' के संगठन मंत्री के रूप में 1990 के दशक के मध्य में महाराष्ट्र में काम करते रहे। महाराष्ट्र में देवेंद्र फड़णवीस (भाजपा) के मुख्यमंत्री चुने जाने के बाद वे शिक्षा मंत्री के पद पर कार्यरत हैं। इससे पहले तावड़े महाराष्ट्र विधान परिषद् में विपक्ष के नेता रह चुके हैं।

बंडारू दत्तात्रेय

पूर्व आरएसएस प्रचारक बंडारू दत्तात्रेय को मोदी सरकार में श्रम मंत्री का महत्त्वपूर्ण पद दिया गया है।

इन संगठन मंत्रियों का उदय सिर्फ संघ प्रचारकों को प्रधानता मिलने का ही प्रतीक नहीं है। इससे मोदी के नेतृत्व में आए नये पीढ़ीगत बदलाव का पता चलता है कि सत्ता में आने पर संगठन में उन लोगों को जिम्मेदारी दी जाए, जिनका विचार धारात्मक और संगठनात्मक कौशल सिद्ध हो चुका है।

युवाओं को राष्ट्रवाद से जोड़ने की मुहिम

मोहन भागवत के नेतृत्व में राष्ट्रीय स्वयंसेवक संघ अब तेजी से अपना दायरा बढ़ाने में जुट गया है। वजह है–नरेंद्र मोदी के नेतृत्व में केंद्र की सत्ता में पहली बार पूर्ण बहुमत के साथ भाजपा का आना। अतीत के आपसी मनमुटाव और उभरे मतभेदों से सबक लेते हुए संघ और भाजपा ने एक–दूसरे को पूर्ण सहयोग देते हुए समन्वय से काम करने का फैसला किया है, जिसके तहत संघ पर्दे के पीछे से नीतिगत मामलों में सरकार को सलाह दे रहा है और खुद के विस्तार की दीर्घकालिक योजना पर भी कार्य करना शुरू कर चुका है।

2014 के लोकसभा चुनाव में, खासतौर से नये युवा मतदाताओं ने बदलाव के लिए भाजपा को वोट दिया, लेकिन उन युवाओं को किस तरह विचारधारा के साथ जोड़ा जाए, इस काम को बखूबी अंजाम देने की दिशा में संघ ने कदम आगे बढ़ाया है। भाजपा की सरकार बनने के छह माह के भीतर पहले उत्तर प्रदेश के आगरा में संघ के ब्रज प्रांत की ओर से युवा संकल्प शिविर का आयोजन किया गया और दूसरा आयोजन उत्तराखंड के हरिद्वार में स्वामी रामदेव के पतंजलि योगपीठ में किया गया।

हालांकि प्रतिभा पलायन को रोकने की यह कवायद लगभग दशक–भर से चली आ रही है, परंतु केंद्र में अपनी विचारधारा की सरकार बनने से उत्साहित संघ पूरे देश में एक नया नेतृत्व खड़ा करना चाहता है। इसलिए खासतौर पर 18 से 25 साल के युवाओं को इन शिविरों के लिए चुना जा रहा है और उन्हें बताया जा रहा है कि राष्ट्रवाद और हिन्दुत्व क्या है।

मोदी के 'मेक इन इंडिया' नारे से सीधे युवाओं को जोड़ने की दिशा में संघ की कोशिश प्रतिभा पलायन को रोकना है। सरकार बनने के बाद संघ परिवार और भाजपा समन्वय के साथ सधी हुई रणनीति पर काम कर रहे हैं। शिक्षक दिवस के मौके पर 5 सितंबर, 2014 तथा 2015 को स्कूली बच्चों से प्रधानमंत्री मोदी का संवाद संघ की दीर्घकालिक रणनीति

का ही हिस्सा है। संघ-भाजपा युवा शक्ति के सहारे पीढ़ियों को साथ लेकर चलने की अपनी मुहिम में ऐसी परत तैयार करना चाहते हैं, जिसके सहारे कम-से-कम 50 साल तक देश में राज करने की क्षमता रख सके।

'भारत एक हिन्दू राष्ट्र है' की धारणा को चरितार्थ करने की दिशा में कॉलेज के युवा छात्रों को लक्ष्य में रखकर संघ परिवार ने विचारधारा की घुट्टी पिलानी शुरू कर दी है। आगरा में 1-3 नवंबर, 2014 तक आयोजित शिविर में 12 शहरों में कॉलेजों के 30,000 छात्रों से संपर्क किया गया। फिर उनके समूह बनाकर चर्चा कराई गई, जिसमें से 5060 छात्रों को इसके लिए चुना गया। यहां संघ ने इस बात का खास ध्यान रखा कि इसमें स्नातक, स्नातकोत्तर, तकनीकी शिक्षा, वाणिज्य संकाय के छात्रों के साथ कुछ प्रोफेसर भी जुड़ें। इसी तरह 28-30 नवंबर, 2014 तक आयोजित उत्तराखंड के हरिद्वार में इस शिविर को 'नवसृजन शिविर' का नाम दिया गया था। संघ द्वारा आयोजित इस शिविर में बकौल आयोजक 7,000 युवा डिग्रीधारक छात्र शामिल हुए, इसमें से 5,276 छात्र शिविर में हिस्सा लेने के लिए खुद के खरीदे गणवेश के साथ पहुंचे थे। इन दोनों शिविरों में, पटना में आईआईटी की प्रवेश परीक्षा के संस्थान 'सुपर 30' के संस्थापक आनंद कुमार को विशेष रूप से विचार प्रस्तुत के लिए आमंत्रित किया गया था।

सरसंघचालक मोहन भागवत ने आगरा और हरिद्वार में आयोजित इन शिविरों में अपनी स्पष्ट विचारधारा रखते हुए साफ तौर पर कहा– 'अगर संघ को समझना है, तो युवा शाखा आएं, क्योंकि संघ जैसा संगठन दुनिया में कोई नहीं है और उसे समझने के लिए दृष्टि तथा जिज्ञासा चाहिए। भारत के बिना हिन्दू और हिन्दू के बिना भारत की कल्पना नहीं की जा सकती।' हरिद्वार में भागवत जी ने गीता, गंगा और गोरक्षा का संकल्प दोहराते हुए कहा– 'मैं हमेशा यह जानने का प्रयास करता हूं कि हिन्दू समाज के मन में क्या है?' केंद्र में मोदी सरकार के सत्ता में आने का श्रेय उन्होंने समाज को दिया। उन्होंने अन्य देशों का उदाहरण देते हुए कहा– 'चीन, जापान, इजराइल के इतिहास को पढ़ने से ही यह पता लगेगा कि वहां के लोगों के सामूहिक प्रयास ने ही इन देशों को प्रगतिपथ पर आगे बढ़ाया। संघ किसी का कोई विरोध नहीं करता। हम तो सामूहिकता में विश्वास रखते हैं। संघ का उद्देश्य अपनी स्थापना के 100 साल पूरे होने तक समाज को संगठित करते हुए एक करोड़ स्वयंसेवकों का लक्ष्य हासिल करने का है।'

इस शिविर में संस्कृत विज्ञान प्रदर्शनी भी लगाई गई थी, जिसमें मोबाइल, लैपटॉप, एटीएम इत्यादि को 'संस्कृत' नाम से प्रदर्शित किया गया

था। शिविर के आयोजकों में रहे संघ के उत्तराखंड के प्रांत प्रचारक हरीश रौतेला के अनुसार– 'इस शिविर के जरिए सभी को स्वस्थ रहने, आरोग्य देश का निर्माण करने, स्वदेशी उत्पाद अपनाने के लिए प्रेरित करने तथा देशप्रेम की भावना युवाओं के भीतर भरने का लक्ष्य रखा गया था।' हरिद्वार में आयोजित शिविर के आखिरी दिन बाबा रामदेव ने भी इस योग शिविर में अपना समय दिया था। स्वामी रामदेव की वैचारिक प्रतिबद्धता संघ के बेहद करीब है। वे खुद स्वदेशी के समर्थक हैं और उनकी योगपीठ भी इसी क्षेत्र में काम करती है।

संघ के अभी 1,38,000 सेवा कार्य चल रहे हैं। देश-भर में 40 लाख स्वयंसेवक, 30,000 दैनिक शाखाएं और 60,000 साप्ताहिक मिलन शाखाएं हैं। भगवा परिवार हिन्दू युवाओं को व्यसन आदि से दूर रखने और राष्ट्रवाद से जोड़ने की अपनी मुहिम के प्रति कार्यबद्ध है। चूंकि भागदौड़ की जिंदगी में योग की ओर युवाओं का रुझान भी तेजी से बढ़ रहा है, इसलिए माना जा रहा है कि निकट भविष्य में युवाओं को आकर्षित करने के लिए संघ अपनी शाखाओं के विस्तार हेतु योग के माध्यम से रामदेव समेत अन्य संतों का सहयोग जरूर लेना चाहेगा। निश्चित तौर पर केंद्र में भाजपा की बहुमत की सरकार आने के बाद संघ को भी नई ऊर्जा मिली है और सरसंघचालक मोहन भागवत के नेतृत्व में अब संघ अपने विस्तार में कोई कसर नहीं छोड़ना चाहता। युवा शक्ति के सहारे मोदी के मिशन 272 प्लस की सफलता के बाद संघ अब उसी शक्ति को साथ लेकर सरसंघचालक मोहन भागवत के व्यापक दृष्टिकोण को अपनाते हुए दीर्घकालीन रणनीति में जुटा हुआ अपने लक्ष्य प्राप्ति की ओर अग्रसर है।

वनवासी रक्षार्थ एक नई पहल

वनवासी रक्षा परिवार के प्रति राष्ट्रीय स्वयंसेवक संघ के सरसंघचालक मोहन राव भागवत का कहना है– 'कुछ लोगों ने हमारी गुलामी का लाभ उठाकर हमें टूटे दर्पण देखने की आदत डाल दी और हम मानने लगे कि वनवासी समाज हमसे अलग है। अगर वनवासी समाज को भरोसा होता कि उसके साथ पूरा देश खड़ा है, तो शायद वे हमसे दूर नहीं होते। अब हमें पूरे दर्पण को देखना चाहिए और वह दर्पण वनवासी समाज के पास है। वनवासी संस्कृति रक्षक है और आध्यात्मिक भाव से भरे हुए हैं। वनवासियों में भगवान श्रीराम के दर्शन होते हैं, लेकिन हमने उन्हें कभी देखने का प्रयास नहीं किया। वनवासी पहले हमारी रक्षा करते थे। जब माता सीता को राजमहल छोड़ना पड़ा था, उस समय उनकी रक्षा वनवासियों ने ही की थी। वनवासियों ने देश की रक्षा में भी अपना खून बहाया है। अब हम वनवासियों की रक्षा कर रहे हैं। वनवासी हमारे अपने हैं। उनके प्रति श्रेष्ठ भाव होना चाहिए। देश में भावनात्मक एकात्मता को मजबूत करने के लिए हमें वनवासियों के बीच जाना होगा, यह हमारा राष्ट्रीय कर्त्तव्य है। हमारे देश में लगभग 9 करोड़ वनवासी और 18 करोड़ वंचित (जिन्हें दलित कहा जाता है) रहते हैं। यह पूरा समाज उपेक्षित है। वनवासी रक्षा परिवार योजना के बारे में समाज को जागरूक करना, वनवासी रक्षा परिवार योजना को विस्तार देना, वनवासी क्षेत्रों में हो रहे कार्यों को नगरीय समाज तक पहुंचाना, वनवासियों और उनके गांवों को गोद लेकर सहायता कर रहे नगरवासियों को बल देना एवं संस्थाओं की मदद करना संघ का प्रमुख लक्ष्य है।

हमारी उपेक्षा से ही चर्च के मिशनरियों को उन्हें ईसाई बनाने का अवसर मिला है। लोभ-लालच और धोखे से उनका मतांतरण किया जाता है। हमारे जो लोग मतांतरित हो गए हैं, उन्हें वापस लाना आवश्यक है। मतांतरण कराने वाले लोग उन्हें अपनी मातृभूमि के विरुद्ध ही हथियार उठाने के लिए विवश कर रहे हैं। यह देश के लिए ठीक नहीं है। अब हमें उन्हें घर वापस लाना है।

दिल्ली में वनवासी रक्षा परिवार योजना 7 वर्ष से चल रही है। 24

जिलों और 60 नगरों में इसकी समितियां गठित हो चुकी हैं। इस योजना से 25,000 परिवारों को जोड़ा जा चुका है और इस संख्या को 1 लाख तक ले जाने की योजना है। संघ के इस कार्य में श्री हरि सत्संग समिति भी अपना वृहत्त योगदान दे रही है।

भारत हिन्द बहुल देश है, इसलिए यहां का राज्य पंथनिरपेक्ष (सेकुलर) है। इसलिए हिन्दू समाज से, जो लोग किसी भी कारण से अलग हो गए हैं, वे यदि अपने समाज में फिर से आते हैं, तो उनका स्वागत करना चाहिए। घर वापसी का स्वागत करना चाहिए। बल्कि हमारा तो फर्ज बनता है कि हम वनवासियों के बीच जाएं, उनके साथ भोजन करें, उनके सुख-दुःख बांटें।

वनवासी (आदिवासी) क्षेत्रों में काम करने वाले कार्यकर्ताओं का मुख्य उद्देश्य जागरूकता फैलाना और सेवा के जरिए स्थानीय लोगों का जीवन स्तर बेहतर बनाना है।'

डॉ. मोहन भागवत ने वनवासी समाज के साथ भावनात्मक एकीकरण को पवित्र राष्ट्रीय कर्त्तव्य बताते हुए कहा है– 'वनवासी बंधु अभाव और असुविधाओं के कारण धर्मांतरण नहीं करते। उन्हें यदि विश्वास हो जाए कि संपूर्ण हिन्दू समाज उनके साथ खड़ा है, तो वे ऐसा कदापि नहीं करेंगे।

जहां नगरों में सभ्यता का विकास हुआ है; वहीं संस्कृति व पर्यावरण का क्षरण हुआ है, लेकिन वनवासी समाज के पास आज भी संपूर्ण संसार को मानवता का प्रकाश देने की क्षमता है। उनका मानना है– 'शस्य श्यामला मातृभूमि पर निवास करने वाले हमारे समृद्ध राष्ट्र का ऐसा स्वभाव बना, जिसमें भेदभाव या दूसरों का गला काटने की आवश्यकता ही नहीं पड़ती, बल्कि हजारों वर्षों तक अपने जीवन से सब मानवों को शिक्षा देने का सामर्थ्य दिखाया। हमारी मातृभूमि रेगिस्तानी या पथरीली होती तो संभवतः हम भी स्वार्थी बन जाते। हम विविधता को सिर्फ सहते नहीं, बल्कि सहज स्वीकार करते हैं। शहरी लोगों को उन वनवासी बंधुओं के जीवन को निकट से देखने का प्रयास करना चाहिए, जिनके पास राष्ट्रीय स्वत्व अब भी सुरक्षित है। वे सभ्यता के विकास से वंचित अवश्य हैं, किन्तु संस्कृति के रक्षक हैं। वनबंधुओं को आज अवश्य शहरी समृद्ध समाज की आवश्यकता है, लेकिन बाद में वे भी 'देने वाले' बन जाएंगे।'

ज्ञातव्य है कि राष्ट्रीय स्वयंसेवक संघ, जनजाति विकास के उत्थान के लिए 'वनवासी कल्याण आश्रम' नामक एक संगठन के माध्यम से इस क्षेत्र में अपना कार्य करता है।

समर्पित राष्ट्र निर्माताओं को एक श्रद्धांजलि

राष्ट्र के प्रति समर्पित राष्ट्र-निर्माताओं, संत, मनीषियों, विद्वानों के प्रति राष्ट्रीय स्वयंसेवक संघ के सरसंघचालक डॉ. मोहन राव भागवत के मन में अत्यंत श्रद्धा और सम्मान है, जो समय-समय पर उनके द्वारा दिए गए भाषणों में मुखरित भी होते हैं। यदा-कदा ही उनके भाषणों में स्वामी विवेकानंद, रवींद्रनाथ ठाकुर, स्वामी रामतीर्थ, योगी अरविंद, सुभाषचंद्र बोस, खुदीराम बोस, लोकमान्य तिलक, महात्मा गांधी, वीर सावरकर, डॉ. बाबासाहेब अंबेडकर, विनोबा भावे, संघ के द्वितीय सरसंघचालक श्री गुरुजी उर्फ माधवराव सदाशिवराव गोलवलकर, राममनोहर लोहिया, जयप्रकाश नारायण, पं. दीनदयाल उपाध्याय आदि महापुरुषों का जिक्र आता रहता है।

प्रस्तुत है कुछ जगतवंद्य विभूतियों पर सरसंघचालक मोहन राव भागवत जी के श्रद्धामय विचार...

डॉ. केशव बलिराम हेडगेवार

डॉ. हेडगेवार के मन में देश की दुर्दशा को देख पीड़ा थी, यही कारण रहा कि संघ अपने जन्म के साथ ही सेवा रूप लेकर आया है। डॉ. हेडगेवार ने सेवा की, 1925 में संघ की स्थापना हुई थी। मार्च 1926 में रामनवमी के अवसर पर निकलने वाली यात्रा में स्वयंसेवकों की सेवा की थी। यह आत्मीयता की भावना ही थी। हमारा सबके साथ आत्मीयता का रिश्ता है। 1989 में संघ संस्थापक डॉ. हेडगेवार जी की जन्मशती पर सेवा निधि बनाई गई थी और अगले एक वर्ष यानी 1990 में ही 10 हजार सेवा कार्य शुरू हो गए थे और अब यह बढ़कर डेढ़ लाख से अधिक हो चुके हैं। राष्ट्रीय स्वयंसेवक संघ और राष्ट्रीय सेवा भारती अन्योन्याश्रित है। डॉ. हेडगेवार जी ने पूरे समाज को हिन्दू सभ्यता और संस्कृति के अंतर्गत

एक साथ पिरोने और जोड़ने की कल्पना की थी। एक सीधी, सरल और समान विचारधारा है 'सबको अपनाना'। सारी दुनिया सहनशीलता की बात करती है, जबकि हिन्दू संस्कृति 'सबको अपनाने' की बात करती है। महान आत्माएं, जिन्होंने इस हिन्दू राष्ट्र की अखंडता के लिए अपना बलिदान दिया, वही हमारे पूजनीय पूर्वज हैं। संघ के संस्थापक डॉ. हेडगेवार ने लोगों के बीच मौलिक दर्शन को पहुंचाया था। उन्होंने कुछ नया नहीं किया था, बल्कि ऋषि परंपरा को जीवित रखा है।

श्रीपति शास्त्री

शास्त्री जी के स्वास्थ्य में हो रही निरंतर गिरावट के कारण संघ कार्य हेतु उनका प्रवास भी लगभग बंद-सा हो गया था। फिर भी कभी-कभी उनसे भेंट होती थी। उन अवसरों पर भी उनका मूलगामी चिंतन, व्यापक अनुभव और कार्य तथा कार्यकर्ताओं के विषय में असीम लगन के कारण उनका छोटा-सा वाक्य भी दिशादर्शक सिद्ध होता था, यह अनुभव भी कई कार्यकर्ताओं को है। कार्यकर्ताओं की समझ को परिपक्व बनाने में स्वयं का उदाहरण प्रस्तुत कर आत्मीयता से अनेकानेक कार्यकर्ताओं को सक्रिय करने वाला उनका व्यक्तित्व था। उनके आकस्मिक निधन के समाचार से मन उद्विग्न हो गया था। कार्यकर्ताओं के दुःख-सुख को निजी सुख-दुःख मानने वाले, सदा दूसरों को आगे रखने वाले, आत्मविश्वासी व्यक्तित्व के धनी शास्त्री जी के भाषण बहुत तर्कपूर्ण होते थे। सैकड़ों संदर्भ व तथ्य उन्हें याद थे। वे संघ के काम में बौद्धिकता से अधिक महत्त्व श्रद्धा और विनम्रता को देते थे। उनकी स्मृति से प्रेरणा लेकर हम सब अपने आचरण से उन्हें सदैव अपने जीवन में स्मरण करें, यही उनके प्रति सच्ची श्रद्धांजलि होगी।

(संघ के वरिष्ठ कार्यकर्ता, इतिहास के प्राध्यापक तथा राजनीति, समाजशास्त्र, साहित्य आदि विषयों के गहन अध्येता श्रीपति सुब्रमण्यम शास्त्री की विद्वता की धाक संघ के अतिरिक्त अन्य क्षेत्रों में भी थी। उन्होंने महाराष्ट्र की 'जन कल्याण समिति' को व्यवस्थित किया, लातूर के भूकंप के बाद इसके सेवा और पुनर्वास कार्यों में अपना बहुमूल्य योगदान दिया, संघ में निम्न जाति के लोगों के प्रवेश करने को सहज-सुलभ बनाया। 1983 में पुणे की एक ईसाई संस्था 'सेमिनरी' ने उन्हें 'ईसाइयों का भारत में स्थान' विषय पर व्याख्यान देने के लिए

बुलाया था। उनका वह स्पष्ट भाषण बहुचर्चित और प्रकाशित भी हुआ।)

डॉ. ए.पी.जे. अब्दुल कलाम

एक वैज्ञानिक के रूप में डॉ. कलाम ने देश के रक्षा तंत्र को मजबूत करने में अहम योगदान दिया। उनके जीवन का सफर हमारी मिसाइलों– अग्नि, पृथ्वी, आकाश, त्रिशूल और नाग जैसा ही रहा। उन्होंने हमारे देश की पहचान अंतर्राष्ट्रीय स्तर पर मिसाइल शक्ति के रूप में कराई। उनके असाधारण साहस, समर्पण, धीरज और आगे बढ़ने की इच्छाशक्ति के कारण ही उनका अंधेरे से निकलकर देश का राष्ट्रपति बनने तक का सफर पूरा हुआ था। वे एक सर्वश्रेष्ठ वैज्ञानिक और दूरदृष्टा थे। जिस भी क्षेत्र को कलाम जी ने हाथ लगाया, वहां वे स्वयं यशस्वी बने, उस कार्य की गरिमा भी बढ़ाई। उनके निधन से देश ने अपना एक महान सपूत खो दिया है। देश के लिए यह अपूरणीय क्षति है।

स्वामी विवेकानंद

स्वामी विवेकानंद के विचार और राष्ट्रीय स्वयंसेवक संघ के विचार में कोई अंतर नहीं है। केवल शैली अलग है। संघ स्वामीजी के बताए मार्ग को समाज जीवन में प्रतिष्ठित करने के लिए 'मनुष्य निर्माण' का कार्य कर रहा है। स्वामीजी कहा करते थे कि– 'प्रत्येक व्यक्ति में दिव्यत्व विद्यमान है और उसके जीवन का निश्चित प्रयोजन है।' हमें उनके कार्य को समझकर उस ध्येय की पूर्ति करना है, जिसे स्वामी विवेकानंद ने देखा था। विवेकानंद जी ने संन्यासी की व्याख्या को ही बदल डाला। व्यक्तिगत साधना में लीन संन्यासी ने समाज-सेवा को ही अपना ध्येय बना लिया। एक बार स्वामी विवेकानंद ने तत्कालीन समाज की मनःस्थिति को देखकर आक्रोशपूर्वक कहा था– 'आने वाले 50 वर्षों तक भारत माता को आराध्य देवी मानकर उसी के चरणों में सब कुछ न्यौछावर कर देना चाहिए।' राष्ट्रीय स्वयंसेवक संघ ने विवेकानंद की इच्छा को चरितार्थ कर दिखाया है। सदियों पुरानी हिन्दुत्व की अवधारणा, जिसे ऋषि-मुनियों और सुधारकों ने जीवित रखा तथा मजबूती प्रदान की। उस मौलिक दर्शन को लोगों तक पहुंचाने का काम विवेकानंद से लेकर अरविंदो और बुद्ध से लेकर कबीर तक ने किया है।

डॉ. श्यामा प्रसाद मुखर्जी

डॉ. श्यामा प्रसाद मुखर्जी का पूरा जीवन प्रेरणास्पद रहा। डॉ. मुखर्जी ने अपने जीवन के विभिन्न आयामों के माध्यम से उत्कृष्ट उदाहरण प्रस्तुत

किया। उन्होंने कर्म मार्ग में खतरों की कभी चिंता नहीं की। जब उन्होंने जम्मू-कश्मीर में दो विधान, दो निशान व दो प्रधान की अलगाववादी प्रवृत्ति को समाप्त करने के लिए स्वयं जम्मू आना चाहा तो पूज्य गुरुजी ने खतरे को पहले ही भांपते हुए उनको सचेत करने का प्रयास किया था, परंतु वह अपने इरादों पर अडिग रहे। उनके मन में दृढ़ संकल्प था कि देश को बांटने वाली प्रवृत्तियों का विरोध किया जाए, क्योंकि वे देश का एक और बंटवारा नहीं चाहते थे। डॉ. मुखर्जी एक विद्वान पिता के विद्वान पुत्र थे, जो मात्र 32 वर्ष की आयु में विश्वविद्यालय के कुलपति बने। जब पंडित जवाहर लाल नेहरु ने लोकसभा में डॉ. मुखर्जी को चुनौती देते हुए कहा कि– 'मैं जनसंघ को कुचलकर रख दूंगा।' तब तुरंत डॉ. मुखर्जी ने उसका उत्तर देते हुए कहा था कि– 'मैं आपकी इस मानसिकता को ही कुचल दूंगा।' डॉ. मुखर्जी ने अपने जीवनकाल से हमें यह सिखाया है कि सत्य और अहिंसा का साथ कभी नहीं छोड़ना चाहिए। उन्होंने उस समय के लोकप्रिय दल कांग्रेस के सामने एक नया और अलग विचार वाला जनसंघ विकल्प के रूप में खड़ा किया था। पूरे विश्व में हमें डॉ. श्यामा प्रसाद जी के विचारों और उत्कृष्ट देशभक्ति का भाव लेकर चलना है। देश की अखंडता को बनाए रखने के लिए ही डॉ. श्यामा प्रसाद मुखर्जी ने अपना बलिदान दिया था। वह स्वतंत्र भारत के प्रथम बलिदानी थे, भारत की एकात्मता के पक्षधर थे। उन्होंने भारतीय जनसंघ की स्थापना मात्र सत्ता प्राप्ति के लिए नहीं की, बल्कि भारत को स्वाभिमानी देश बनाने के लिए की थी। हम डॉ. श्यामा प्रसाद मुखर्जी द्वारा दिखाए गए मार्ग पर ही चल रहे हैं और अंतिम क्षण तक चलते रहेंगे।

डॉ. भीमराव अंबेडकर

डॉ. भीमराव अंबेडकर की विचारधारा हिन्दूवादी थी। उनका कहना था कि संघ के स्वंयसेवक और विचारधारा सामाजिक एकता के प्रतीक हैं। अंबेडकर का विचार था कि भगवा ही राष्ट्रध्वज बने और संस्कृत राष्ट्रीय भाषा। उनकी इस विचारधारा को हम जन-जन तक नहीं पहुंचा पाए। हमें बाबासाहेब अंबेडकर द्वारा किए गए कार्यों को ध्यान में रखना चाहिए और प्रत्येक मनुष्य को अपने अंदर राष्ट्रवाद का अलख लगाना चाहिए। संविधान निर्माता डॉ. अंबेडकर का आकलन बहुत कम हुआ है। वे भारत की सनातन परंपरा में मील का पत्थर थे। उनके बहुआयामी व्यक्तित्व को एकआयामी बनाने का षड्यंत्र किया गया। वे वस्तुतः एक राष्ट्रवादी नायक थे। उन्होंने धर्म, अर्थ, कानून के साथ-साथ समाज जीवन के विविध पक्षों पर व्यापक

प्रतिमान खड़े किए। इसलिए उनके समग्र कार्यों और विचारों को जन-जन तक पहुंचाने की आवश्यकता है।

जब डॉ. अंबेडकर के सामने धर्मांतरण का विषय आया, तो उन्होंने बौद्ध धर्म को प्राथमिकता दी, क्योंकि यह इसी मिट्टी की है। वर्ष 1939 में नागपुर में आयोजित 'संघ शिक्षा वर्ग' में अंबेडकर आए थे। उसमें उन्होंने सभी शिक्षार्थियों को एक पंगत में भोजन करते देखा तो वे चकित हो गए। तब उन्हें समझ में आया कि वह जिस समाज की कल्पना करते हैं, जैसी व्यवस्था चाहते हैं, वह तो यहां पर पहले से मौजूद है। इससे वह अभिभूत हुए। हालांकि उस समय दस्तावेज रखने का रिवाज नहीं था, इसलिए अगर इस मामले में कोई प्रमाण मांगे तो न दे सके।

अंबेडकर को एक जाति, एक वर्ग के रूप में पेश करना उनके व्यक्तित्व के अनुरूप नहीं है। उनकी सोच सशक्त भारत की थी। अगर संघ संस्थापक डॉ. केशव बलिराम हेडगेवार के अनुयायी और डॉ. अंबेडकर के अनुयायी साथ आते हैं, तो इसके अलग-अलग निहितार्थ नहीं निकाले जाने चाहिए। यह एक साथ आते हैं, तो देश के लिए अच्छा है। संघ और हेडगेवार का दलित चिंतन व्यापार का विषय नहीं है, बल्कि यह व्यापार का विषय है। इसे सभी को अपने जीवन-दर्शन में उतारना चाहिए। स्वामी विवेकानंद और अंबेडकर ने एक ही बातें कहीं, उसे समझेंगे, तभी वैभवशाली भारत का निर्माण होगा।

दत्तोपंत ठेंगड़ी

भारतीय मजदूर संघ के संस्थापक और आरएसएस के प्रमुख विचारक दत्तोपंत ठेंगड़ी ने पूरे जीवन साधना की और आखिर तक वह साधक बने रहे, इसलिए उनका जीवन-दर्शन शाश्वत है तथा पीढ़ी-दर-पीढ़ी में बदलाव लाने वाला है। ठेंगड़ी जी असाधारण प्रतिभावान थे। वे जितना सरल और सहज दिखते थे, उससे कई गुणा अधिक गहरे व्यक्तित्व के धनी थे। उनके विचार से सिर्फ भारतीय मजदूर संघ की शक्ति ही नहीं बढ़ी, बल्कि चीन जैसे देशों में भी लोगों ने उनके विचारों को पढ़ना शुरू कर दिया। वह मजदूरों की समस्या को ध्यान से सुनते थे और छोटे-से-छोटे मजदूर से भी बात करके उसकी बात सुनते थे। दत्तोपंत ठेंगड़ी जी का जीवन-दर्शन जितनी बार पढ़ा जाए, उससे उतने ही नये विचार सामने आते हैं। ठेंगड़ी जी का जीवन सचमुच बड़ा दर्शन है। उन्होंने अपने जीवन काल में बड़ी-से-बड़ी समस्या का समाधान अपने विचारों के जरिए निकाला है। उनका कहना था कि यदि उनके विचारों को उनके जीवन दर्शन के

जरिए जीवन में उतारा जाता है, तो इससे बड़े-से-बड़ा संकट का हल निकल सकता है।

लाल बहादुर शास्त्री

भारतरत्न लाल बहादुर शास्त्री का जीवन उच्च कोटि का था। वे आध्यात्मिक कर्मयोगी थे। उन्होंने अपने स्वत्व के आधार पर देश की परिस्थिति को बदल दिया। शास्त्री जी जैसे दिखते थे, वैसा ही उनका जीवन था। उदाहरण स्वरूप जैसे सूर्य उगते समय लाल दिखता है और अस्ताचल होते समय भी लाल दिखता है, शास्त्री जी का जीवन भी ऐसा ही था। उनके आह्वान पर बहुत से लोग आज भी सोमवार का व्रत रखते हैं। यह शास्त्री जी के प्रति लोगों की श्रद्धा है। शास्त्री जी के वचनों के पीछे छिपी उनकी तपस्या है। महात्माओं का लक्षण उनके जीवन में दिखता है। मुझे कैसा होना चाहिए? इस होने की परंपरा ने देश को बनाया। असली मायने में जनसेवा केवल पदारूढ़ नहीं होते।

उनका कार्यकाल केवल 18 महीनों का था। इतने कम समय में भी उन्होंने पूरे देश में नवचेतना का संचार किया। शास्त्री जी कम-से-कम में आवश्यकता पूर्ण होने तथा राष्ट्र कल्याण संपूर्ण जीवन में विश्वास कर बाकी समाज को देने में विश्वास करते थे। आज स्थिति बदल गई है। पहले मेरा मानना था कि प्रसिद्धि दूर से अच्छी लगती है, क्योंकि जब आप उसके निकट जाएंगे तो कमियां देख आपकी इस बारे में धारणा बदल जाएगी। लेकिन जब मैं शास्त्री जी के घर गया और उनके जीवन को देखा तो मेरी धारणा बदल गई। शास्त्री जी के सादगी भरे जीवन के उच्च मानदंड 'मनसा बाचा कर्मणा' है। मुझे कैसा होना चाहिए, यह करके राजनेताओं को शास्त्री जी ने दिखाया। उनके प्रधानमंत्री कार्यकाल के दौरान भारत-पाक युद्ध के समय शास्त्री जी के आदर्श, सादगी तथा उनके शब्दों के पीछे पूरा देश खड़ा था। शास्त्री जी को जब-जब याद करते हैं, तो एक बात ध्यान में आती है कि यदि शास्त्री जी ताशकंद से सही-सलामत आ गए होते तो देश का इतिहास दूसरा होता। उन्होंने पाकिस्तान जैसे आक्रांता को सबक सिखाया।

आज युवाओं को उनके विचार आदर्श बताने के लिए हमें आगे आना होगा। आज देश के पास साधन है, सारी दुनिया में गुणवत्ता है, लेकिन आचरण जीवन दर्शन की कमी है। आज शास्त्री जी का पार्थिव शरीर नहीं है, लेकिन गुण और विचार विद्यमान है। उनकी कीर्ति बढ़ाई जा सकती है। शास्त्री जी का जीवन अनुकरण योग्य है।

एकनाथ रानडे

एकनाथ जी का पूरा जीवन स्वामी विवेकानंद के ध्येय सिद्धि के लिए समर्पित था। उन्होंने संघ में रहकर एक स्वयंसेवक से सरकार्यवाह तक के दायित्व को पूरी कुशलता से निभाया। संघ के दायित्वों को निभाते हुए ही उन्होंने स्वामी विवेकानंद के साहित्य का अध्ययन किया। यही कारण है कि उनके व्यक्तित्व, कृतित्व और नेतृत्व में स्वामी विवेकानंद की छाप दिखाई देती है। स्वामीजी कहा करते थे कि प्रत्येक व्यक्ति में दिव्यत्व विद्यमान है और उसके जीवन का निश्चित प्रयोजन है, एकनाथ जी ने इसी विचार को अपने कार्य का अंग बनाया। एकनाथ जी ने प्रत्येक व्यक्ति के दिव्यत्व और क्षमता को पहचाना तथा प्रयोजन का बोध कराकर उसके अनुरूप कार्य की योजना बनाई। 'विवेकानंद केंद्र' इसी योजना का साकार रूप है।

तमाम विरोधों के बीच विरोधियों को भी अपने मिशन से जोड़ने का अद्‌भुत सामर्थ्य एकनाथ जी में था। सामान्य जनता और सभी जन प्रतिनिधियों से धन संग्रहित कर विवेकानंद शिलास्मारक का निर्माण करना अपने आप में बहुत बड़ी उपलब्धि है। 'विवेकानंद शिलास्मारक' एकनाथ जी की वास्तविक पहचान है।

एकनाथ जी को हर कार्य में 'सत्यम् शिवम् सुंदरम्' से कुछ भी कम स्वीकार नहीं था। वे एक परफेक्शनिस्ट के रूप में जाने जाते हैं। परफेक्शन उनका स्वाभाविक गुण था। एकनाथ जी का यह स्वभाव ही था, जिसके कारण उन्होंने असंभव लगने वाले कार्यों को भी संभव कर दिखाया। नकारात्मकता का अंश मात्र भी उनमें नहीं था। एक बार जो ठान लिया, उसे पूरा करने के लिए वे अपनी सारी शक्ति लगा देते थे। कल्पना करना, नित नई योजना बनाना और उसे साकार करना, यह उनकी विशेषता थी। देवदुर्लभ कार्यों को विजिगीषु वृत्ति से पूर्ण करने वाले एकनाथ जी सामाजिक और राष्ट्रीय स्तर पर कार्यरत सभी कार्यकर्ताओं के लिए एक महान आदर्श हैं।

एकनाथ जी, गुरुजी गोलवलकर के पांच रत्नों में से एक थे। एकनाथ जी जीवन-भर सीखते रहे, हर गलती से सीखा और उसे दोबारा नहीं दोहराया। शरीर से बलवान, मन से निर्भय और हर समय सजग रहने वाले एकनाथ जी के लिए विवेकानंद के सिवाय कोई विषय ही नहीं था। अभाव और अज्ञानता से समाज को मुक्ति दिलाना एकनाथ जी का लक्ष्य था। एकनाथ जी ऐसे कार्यकर्ता थे, जिनसे मिलने वाले हर व्यक्ति को स्नेह ही मिला। वे सरल थे पर भोले नहीं, यह उन्होंने अपने जीवन से सीखा था।

मोहन भागवत

भाऊ साहब भुस्कुटे

1964 से 1989 तक लगातार 25 वर्ष एक गृहस्थ प्रचारक के रूप में भाऊ साहब भुस्कुटे मध्यक्षेत्र प्रचारक रहे। उस समय उत्कल प्रांत भी संघ कार्य की दृष्टि से मध्य क्षेत्र में समाहित था। पारदर्शिता, प्रामाणिकता व अध्ययनशीलता भाऊ साहब की विशेषता थी। ज्ञान, कर्म और भक्ति की त्रिवेणी के साथ सत्यनिष्ठा को जीवन आधार बनाकर लोकसेवा को समर्पित वह जीवन एक प्रकाश पुंज है। भाऊ साहब द्वारा लिखित पुस्तक 'हिन्दू धर्म-मानव धर्म' हमेशा जीवन को एक नई दिशा और नई राह दिखाती है। टिमरनी में विगत 23 वर्षों से भाऊ साहब भुस्कुटे व्याख्यान माला जारी है और सतत वर्धिष्णु है।

विनायक दामोदर सावरकर

स्वातंत्र्यवीर विनायक दामोदर सावरकर जी ने किसी पक्ष, जाति, संप्रदाय अथवा गुट का नहीं, बल्कि पूरे समाज का विचार किया। संपूर्ण राष्ट्र का चिंतन किया। समग्र जीवन का विचार उन्होंने प्रस्तुत किया। इसलिए उनके विचार आज भी उतने ही प्रभावी व सटीक हैं। उनके जीवन से प्रेरणा लेकर अगर हम उनके जीवन में किए गए काम का एक प्रतिशत काम भी अपने जीवन में कर सकें तो यह जीवन सफल हो जाएगा। मातृभूमि के लिए जीना व मातृभूमि के हित के लिए मृत्यु प्राप्त करना, सावरकर जी का यह आदर्श हम सभी को अपनाने की जरूरत है।

सावरकर जी ने अपना सारा जीवन जिस समाज के लिए समर्पित किया, उस समाज ने सावरकर जी को क्या दिया? देश स्वतंत्र होने के पश्चात् एक लज्जानक अभियोग से उनका नाम जोड़ना... उन्होंने अपने जिस देश के लिए इतना दर्द झेला, वहां उनके स्मारक पर से उनका नाम हटाया जाना, कितना गलत था। फिर भी सावरकर जी ने अपने पूरे जीवनकाल में किसी व्यक्ति को दोष नहीं दिया। वह अपने देश के लिए तन-मन-धन पूर्वक आजीवन जीते रहे। उनकी यह सोच हमारे जीवन को वास्तव में उजागर कर सकती है।

सावरकर जी ने स्वतंत्रता और समयानुकूलता इन दो तत्वों का अपने जीवन में हमेशा सम्मान किया। स्वातंत्र्य का अर्थ स्वआचरण का तंत्र, प्राचीन परंपराओं में से अच्छी बातें लेना-गलत बातें छोड़ना और गलत बातों के लिए अपने पूर्वजों का आदरपूर्वक खंडन करना, यह सावरकर जी का विचार था। प्राचीन काल के संदर्भ को लेते हुए गलत परंपराओं का

अनुसरण करने के वे विरोधी थे। धर्म की उन्होंने बहुत स्पष्ट व्याख्या की कि धर्म स्वयं में सबको समाकर रखता है, कोई भी पूजा पद्धति धर्म नहीं होती। सदाचार से श्रेय व प्रेम प्राप्त होता है। यह अपने पुरखों का विचार है। विविधताओं को स्वीकार करने की बुद्धि जिस मातृभूमि ने हमें दी और जिस उदात्त संस्कृति का हम अनुसरण करते हैं, उसको मानने वाले हिन्दू हैं, ऐसी व्याख्या सावरकर जी ने कालानुरूप की।

आचार्य गिरिराज किशोर

विपरीत परिस्थितियों में भी कार्य को पूर्ण करने की अदम्य इच्छाशक्ति रखने वाले आचार्य गिरिराज किशोर जी आत्म विलोपित व आत्म विस्मृत स्थिति में रहते थे। सरलता, सकारात्मकता और सहचित्त होकर कार्य करना उनका ऐसा स्वभाव था, जिसका अनुसरण हम सभी को करना चाहिए। उनका कार्य सतत व सही दिशा में चलें, यह उनकी आत्मा को सच्ची श्रद्धांजलि होगी। गौ-रक्षा, गंगा रक्षा, राम जन्मभूमि हो या एकात्मता यात्रा सभी में उन्होंने निपुणता हासिल की, किन्तु अयोध्या में भव्य राम मंदिर का उनका सपना अधूरा रह गया।

(श्रीराम जन्मभूमि सहित अनेक सामाजिक आंदोलन के पुरोधा, विश्व हिन्दू परिषद् के वरिष्ठ नेता व राष्ट्रीय स्वयंसेवक संघ के वरिष्ठ प्रचारक आचार्य गिरिराज किशोर जी का 95 वर्ष की आयु में 13 जुलाई, 2014 को दिल्ली में निधन हो गया था। उनके संकल्पानुसार उनकी दोनों आंखें तथा शेष पूरा शरीर आर्मी मेडिकल कॉलेज को दान कर दिया गया।)

ओंकार भावे

आज जो विश्व हिन्दू परिषद् के संगठन का कार्य विस्तार हुआ है, उसमें भावे जी की प्रमुख भूमिका रही है। सरल स्वभाव, सादगी भरा जीवन जीना तथा हंसी-हंसी में अपनी बात को रखने की शैली उनके जीवन का वैशिष्ट्य था। उन्होंने राष्ट्र तथा समाज के प्रति अपना पूरा जीवन ही न्यौछावर कर दिया। वे अत्यंत कर्मठ कार्यकर्ता और सच्चे व्यक्ति थे। उन्होंने अनेक क्षेत्रों में कार्य किया और प्रत्येक में यशस्वी भी रहे। उनका व्यक्तित्व ऊपर से देखने पर बहुत ही सामान्य लगता था, किन्तु उनके निकट संपर्क में आने पर उनकी गुण-संपदा, ध्येय-निष्ठा एवं निर्विकार जीवन का परिचय मिलता था। वे अनूठी प्रतिभा के धनी थे। आदरणीय ओंकार भावे का इहलोक छोड़ जाना, देश-भर के सहस्त्रवधि कार्यकर्ताओं

के लिए एक पितृतुल्य अभिभावक की छत्रछाया से वंचित हो जाने का अतीव दुःखद प्रसंग है। उनके हम सबके बीच न होने की कल्पना मन में रिक्तता व अधूरापन छोड़ जाती है। उनकी दृढ़ता, शुचिता, शालीनता एवं प्रसन्नता की स्मृति अपने आचरण से जीवन में संजोकर रखना मात्र हम सबके हाथ में है।

सोहन सिंह

सोहन सिंह जैसी पहली पीढ़ी के वरिष्ठों ने अपने आचरण के माध्यम से तय किया कि संघ को कैसे जीना है और कैसे रहना है। स्वयंसेवक के साथ कितनी कठोरता करनी है और उनसे कितना स्नेह करना है। संघ ऐसे ही वरिष्ठों के मार्गदर्शन में यहां तक पहुंचा है। संघ संचालन की यह परंपरा पहली पीढ़ी से दूसरी पीढ़ी होती हुई पांचवीं पीढ़ी तक पहुंची है और हम तीसरी पीढ़ी के स्वयंसेवकों की जिम्मेदारी है कि उनके पदचिह्नों पर चलते हुए, उनके उस आचरण को जीवित रखें, जिनके लिए संघ ही सर्वोपरि था। जिन्हें सोहन जी के साथ करीब रहने का मौका मिला था; और जो स्वयंसेवक दूर से ही उन्हें जानते हैं, सबके मन में उनके प्रति श्रद्धा है। ऐसा तभी होता है, जिनके लिए समय कैसा भी हो, अंतर कितना भी हो, लेकिन विचार नहीं बदलते हैं। साधु पुरुषों की यही विशेषता है। राष्ट्र निर्माण के लिए कैसे कठोर जीवन जीना होता है, वह सोहन सिंह जैसे स्वयंसेवकों ने जीकर बताया है। उनका जीवन ऐसा था, जिससे प्रेरणा लेकर साधारण व्यक्ति भी असाधारण काम कर सकता है। वह सहृदयता, सादगी और सदाशयता की प्रतिमूर्ति थे।

भाजपा-संघ की समन्वय बैठक

नरेंद्र मोदी के प्रधानमंत्री बनने के बाद, संघ प्रमुख मोहन भागवत की अध्यक्षता में संपन्न हुई अपनी तरह की पहली तीन दिवसीय समन्वय बैठक 2-4 सितंबर, 2015 तक नई दिल्ली के बसंतकुंज के 'मध्यांचल' में आयोजित की गई। गौरतलब है कि भाजपा और संघ की समन्वय समिति की बैठक साल में दो बार होती है। लेकिन मौजूदा बैठक इस मायने में महत्त्वपूर्ण रही कि यह पिछले लंबे समय में आकार और स्वरूप के लिहाज से सबसे वृहत् थी; सामान्य स्थिति की तुलना में पदाधिकारियों की संख्या दोगुनी थी; इसके अलावा प्रधानमंत्री नरेंद्र मोदी भी इस बैठक का हिस्सा बने, जबकि सामान्यतया प्रधानमंत्री ऐसी बैठकों से दूर रहते हैं।

चूंकि संघ परिवार अब वैसी गलती से बचना चाहता है, जो अटल बिहारी वाजपेयी के शासनकाल में हुई थी। समन्वय के अभाव का नतीजा सड़कों पर दिखने लगा था। लेकिन इस बार संघ ने केंद्र में भाजपा की सरकार बनने से पहले ही परिवार की बैठक कर छह विषयों पर एक ड्राफ्ट नीति तैयार कर ली थी, जिसे परिवार का 'अपना चिंतन' कहा गया। हालांकि पहले साल में समन्वय बैठक नहीं होने से कई ऐसे मौके आए, जब संघ के अनुषंगिक संगठनों ने सार्वजनिक तौर पर, विचारधारा से जुड़े मुद्दों पर सरकार पर आरोप लगाने में परहेज नहीं किया। इससे सरकार की साख पर पहले साल में ही सवाल उठने लगे। लिहाजा संघ ने अनौपचारिक तौर पर अनुषंगिक संगठनों को संयम बरतने की सलाह दी थी। अतीत से सबक लेते हुए संघ ने अभिभावक की भूमिका निभाई है।

हालांकि इन प्रयासों के बावजूद संघ अपनी भूमिका महज मूकदर्शक की नहीं रखना चाहता था, इसलिए रूटीन में होने वाली समन्वय बैठक को विस्तारित रूप दिया गया। संघ प्रमुख की मौजूदगी में भारतीय मजदूर संघ, भारतीय किसान संघ, स्वदेशी जागरण मंच के अलावा सभी संगठन एकत्रित हुए तो सरकार के कामकाज पर चिंता जताने के साथ-साथ सुझाव

भी दिए गए। प्रत्येक सत्र में सरकार की ओर से संबंधित मंत्री जवाब देने के लिए बुलाए गए थे। दरअसल संघ चाहता है कि मोदी सरकार एक दृढ़ इच्छाशक्ति के साथ आगे बढ़े, क्योंकि अब इंतजार करना उचित नहीं।

इस बैठक में भाजपा सहित संघ के संगठनों के बीच समन्वय बनाने पर विचार-विमर्श हुआ। समवन्य का उद्देश्य सरकार को जमीनी स्तर पर काम कर रहे आरएसएस के संगठनों की ओर से फीडबैक उपलब्ध कराना था, जिससे कि वह अपनी योजनाओं और कार्यक्रमों में और सुधार कर सके। भाजपा और संघ के शीर्ष नेताओं ने सरकार की उपलब्धियों के साथ ही उसकी कमियों पर भी चर्चा की। इस बैठक का आयोजन इसलिए भी किया गया, ताकि संघ और उससे जुड़े संगठन सरकार के प्रति अपनी चिंताओं और उसकी कमियों को सार्वजनिक रूप से उठाने की बजाय, सीधे सरकार से जुड़े मुख्य लोगों के सामने ही रखें।

बैठक शुरू होने से पहले संघ के अखिल भारतीय प्रचार प्रमुख मनमोहन वैद्य ने बताया कि– 'हिन्दुत्व संगठन और उसके 15 संगठनों के 93 मुख्य पदाधिकारियों की 2 सितंबर से शुरू होने वाली समन्वय बैठक के दौरान प्रासंगिक मुद्दों पर 'सूचनाओं का आदान-प्रदान' होगा। संघ इससे उत्साहित है कि कई नये लोग जुड़े हैं, इसलिए बाहर से भी कई विचार आएंगे। यह बैठक सरकार के कामकाज की समीक्षा करने या कोई निर्णय लेने के लिए नहीं है। न ही यह हमारे चर्चा के केंद्र में होगी। लेकिन हां, हम सभी तरह की सूचनाएं प्राप्त करेंगे और उस पर चर्चा करेंगे। लिहाजा, इसका एजेंडा तैयार करने के लिए मंगलवार 2 सितंबर को ही संघ अपने प्रमुख अनुषंगिक संगठनों के साथ बैठकर इसका खाका तैयार करेगा।'

इस बैठक में राष्ट्रीय स्वयंसेवक संघ और उससे जुड़े संगठनों, सरकार तथा भाजपा के वरिष्ठ लोगों ने विभिन्न राष्ट्रीय मुद्दों पर चर्चा की। बैठक में अरुण जेटली, सुषमा स्वराज, राजनाथ सिंह, मनोहर पर्रिकर, वेंकैया नायडू, अनंत कुमार, मनमोहन वैद्य, दत्तात्रेय होसबेले, कृष्ण गोपाल, संघ के वरिष्ठ पदाधिकारी भय्या जी जोशी, भाजपा अध्यक्ष अमित शाह, राम माधव शामिल थे। संगठन के बड़े पदाधिकारियों की बैठक में सभी अहम् मुद्दों पर विचार-मंथन किया गया। बैठक में 'जम्मू-कश्मीर सरकार, धारा 370, जनगणना के आंकड़े, वन रैंक-वन पेंशन, राम मंदिर' जैसे महत्त्वपूर्ण मुद्दों पर चर्चा हुई।

हालांकि भाजपा अध्यक्ष अमित शाह ने भय्या जी जोशी के उद्घाटन संबोधन के फौरन बाद एक घंटे तक सरकार-संगठन की उपलब्धियों का बखान किया। उन्होंने लोकसभा चुनाव की जीत में संघ परिवार के योगदान

का खास जिक्र करते हुए कहा–'आज हम जहां (सरकार) हैं, उसमें मोदी जी की छवि, कांग्रेस की गलत नीतियां तो हैं ही, लेकिन सबसे बड़ी बात यह है कि पूरा संघ परिवार हमारे पीछे खड़ा था, इसलिए भाजपा को इतनी अद्‌भुत विजय मिली।'

बैठक में विश्व हिन्दू परिषद् (विहिप) ने राम मंदिर का मुद्दा उठाया और कहा– 'राम मंदिर मसले पर लोगों के बीच गलत संदेश जा रहा है, इसलिए सरकार को इस पर सकारात्मक तरीके से आगे बढ़ना चाहिए, जिससे लोगों में कोई गलतफहमी न रहे।' बैठक में जंतर-मंतर पर 'वन रैंक-वन पेंशन' की मांग को लेकर पूर्व सैनिकों के आंदोलन का मुद्दा भी उठा। संघ के पदाधिकारियों का मानना था कि पूर्व सैनिकों के आंदोलन के ज्यादा लंबा चलने से सरकार की छवि प्रभावित हो सकती है और उसे शीघ्रता से इसका समाधान करना चाहिए।

(ज्ञात हो कि समन्वय बैठक के समाप्त होने के बाद ही प्रधानमंत्री नरेंद्र मोदी (भाजपा सरकार) ने 'वन रैंक-वन पेंशन' पर स्वीकृति की मोहर लगा दी थी।)

प्रधानमंत्री नरेंद्र मोदी ने समन्वय बैठक के अंतिम दिन इसमें हिस्सा लिया। समापन सत्र में करीब 45 मिनट के अपने संबोधन में कहा कि–'सरकार से जनता को उम्मीदें बहुत ज्यादा हैं, उसी गति से हमें काम भी करना होगा। लेकिन कई बार संगठनों (संघ परिवार) की ओर से ऐसी बयानबाजी हो जाती है, जिससे आपसी समझ प्रभावित हो जाती है।'

(इस संदर्भ में उनका इशारा साफ तौर पर भूमि अधिग्रहण अध्यादेश, श्रम सुधार, खुदरा क्षेत्र में एफडीआई, जीएम क्रॉप जैसे मुद्‌दों पर संघ के अनुषंगिक संगठनों के शुरुआती विरोध की तरफ था। इसे विपक्षी दलों ने राजनैतिक हथियार बनाया और भूमि अध्यादेश पर सरकार के खिलाफ बनी नकारात्मक छवि के कारण उसे अपने कदम वापस खींचने को मजबूर होना पड़ा। किन्तु 15 महीने बाद ही सही, प्रधानमंत्री मोदी की मौजूदगी में राष्ट्रीय स्वयंसेवक संघ के सरसंघचालक मोहन भागवत ने मुद्‌दे इस पर अपनी सहमति दे दी।)

हालांकि संघ की सोच पर आगे बढ़ने के एवज में मोदी ने भी बेहद चतुराई के साथ स्वयंसेवकों को अपनी महत्त्वाकांक्षी योजनाओं के साथ जोड़ने की कोशिश की। मोदी ने कहा-'संघ चरित्र निर्माण और राष्ट्रनिर्माण की सीख देता है। स्वच्छता मिशन, नमामि गंगे जैसी योजनाओं में स्वयंसेवक आगे बढ़कर भूमिका निभाएं तो जरूर सफलता मिलेगी।' मोदी सरकार की ओर से समन्वय बैठक में संघ को यह भी इशारा कर दिया गया कि

राम मंदिर जैसे मुद्दे अभी सरकार की प्राथमिकता में नहीं होंगे, लेकिन अन्य हिन्दू तीर्थ स्थानों को भव्यता दिलाने का विशेष अभियान चलाने पर सहमति बनी है। अल्पाहार के दौरान 'मुक्त चिंतन' में भी संघ के वरिष्ठ नेताओं और मोदी के बीच गहन चर्चा हुई।

सूत्रों ने बताया कि– 'यह सरकार के बही-खाते की बैठक नहीं है, बल्कि इसमें संघ से जुड़े विभिन्न संगठनों, मसलन–सेवा भारती, विद्या भारती, वनवासी कल्याण, विश्व हिन्दू परिषद्, विद्यार्थी परिषद् आदि ने साल-भर में क्या किया और आगे क्या करेंगे, उस पर प्रस्तुति दी जाती है। इस बार बैठक ने थोड़ा अलग स्वरूप जरूर लिया है, क्योंकि समाज में बहुत सारी घटनाएं घट रही हैं। देश-भर में साल-भर घूम-घूमकर जनता की सोच का जायजा लेने वाले संघ के अखिल भारतीय पदाधिकारियों से इनके बारे में व्यापक ब्योरे मिले हैं। ये पदाधिकारी समाज के अलग-अलग लोगों से मिलने, समाज में क्या चल रहा है, लोगों के मन में क्या है, इसके बारे में जानकारी प्राप्त करते हैं। समाज में 'वन रैंक-वन पेंशन' (ओ.आर.ओ.पी.) पर पूर्व सैनिकों की मांग, गुजरात में पाटीदार समुदाय का आरक्षण आंदोलन, जनगणना के आंकड़े, श्रम सुधार, संगठन विस्तार, शिक्षा नीति जैसे विषयों पर बैठक में विचारों के आदान-प्रदान हुए। संघ के प्रमुख प्रचारक देश के विभिन्न क्षेत्रों के ताजा भ्रमण के दौरान जो देखते हैं, उससे जो आकलन निकालते हैं, बैठक में उस बारे में नोट्स साझा किए जाते हैं। बैठक में 93 मुख्य पदाधिकारी और 15 अनुषंगिक संगठनों ने विचारों और टिप्पणियों' का आदान-प्रदान किया, जो अर्थव्यवस्था, कृषि और शिक्षा समेत विविध विषयों से जुड़े हैं। यह बैठक सरकार के कामकाज की समीक्षा करने के उद्देश्य से नहीं बुलाई गई, बल्कि उसके कैलेंडर कार्यक्रम का हिस्सा थी। ऐसी बैठक हर साल सितंबर और जनवरी में होती है।' बैठक के दौरान सरसंघचालक मोहन भागवत, सरकार्यवाह भय्या जी जोशी, सहसहरकार्यवाह कृष्ण गोपाल समेत संघ के विभिन्न संगठनों से जुड़े वरिष्ठ पदाधिकारियों ने देश और विदेश में अपने-अपने भ्रमणों के दौरान हुए अनुभव साझा किए।

संघ की समन्वय बैठक बिहार में विधानसभा चुनाव होने से पहले ऐसे समय में संपन्न हुई, जब विवादित भूमि विधेयक पर विपक्ष तथा अपने कुछ सहयोगी दलों के दबाव में सरकार पीछे हटने को मजबूर हुई। कि तीन दिन की समन्वय बैठक में चार क्षेत्रों–सामाजिक, आर्थिक, सांस्कृतिक और शिक्षा से संबंधित विषयों पर चर्चा हुई। आरएसएस ने संघ परिवार के अनुषंगिक संगठनों के

कार्यविस्तार तथा उनके साथ बेहतर तालमेल स्थापित करने के मुद्दों पर विचार-विमर्श किया।

बैठक में तीन दिन तक सभी लोगों के विचार सुनने के बाद भागवत ने सबसे आखिर में महज 30 मिनट में समन्वय का निचोड़ कुछ इस तरह थमाया–'संघ के जितने भी संगठन हैं, हम सब मिलकर एक विचार परिवार है और सभी के विचारों का इसी प्रकार से आदान-प्रदान होते रहना चाहिए। इससे सरकार और संगठन में बैठे दोनों तरफ के लोगों को फायदा मिलता है। हमें मिल-जुलकर इस प्रक्रिया को आगे बढ़ाना चाहिए। विचारधारा और संगठन के प्रति समर्पण जरूरी है।'

भागवत ने इस बात का खास तौर से जिक्र किया कि विचारधारा को लेकर संघ अपनी तीन पीढ़ी खपा चुका है। संघ अपनी विचारधारा के लिए समन्वय चाहता है, लेकिन वह फिलहाल सरकार से पूरी तरह संतुष्ट नहीं है।

बैठक के बाद संघ के प्रचार प्रमुख मनमोहन वैद्य ने कहा कि– 'इस चिंतन बैठक का भाजपा की अंदरूनी हलचल से कोई लेना-देना नहीं है। संघ ने देश-भर में चल रहे सेवा प्रकल्पों, संघ से अधिकाधिक लोगों को जोड़ने तथा अपने मिशनों के विस्तार के तौर-तरीकों पर विचार किया। पार्टी को फिर से मजबूत बनाने के लिए संघ की मदद पर चर्चा हुई। संघ ने अक्तूबर में गया (बिहार) में होने वाली अपनी राष्ट्रीय बैठक के लिए यहां एजेंडा तैयार किया। इसमें श्रीराम मंदिर, गंगा रक्षा, गौरक्षा, स्वदेशी, बंगलादेशी घुसपैठ, आतंकवाद, धर्मपरिवर्तन, आर्थिक नीति जैसे मुद्दों पर प्रस्ताव के बाद निर्णय होंगे।'

संघ के सहसरकार्यवाह दत्तात्रेय होसबेले ने कहा-'सरकार के अभी 14 महीने ही हुए हैं। अभी समय है, जिसमें उसे बहुत सारे काम करने हैं। दिशा ठीक है, उपलब्धि अच्छी है, लेकिन मोदी सरकार देश के लोगों के मन के एजेंडा को लेकर काम करें, यही हमारी कामना है।'

भाजपा महासचिव राम माधव ने कहा-'आंतरिक बाह्य सुरक्षा, शिक्षा व्यवस्था, सांस्कृतिक प्रतिष्ठानों की व्यवस्था, आर्थिक नीतियों पर संघ के संगठनों के विचारों को लेकर समन्वय बैठक हुई। पहले भी इन विषयों पर चर्चा होती रही है। बदली हुई परिस्थिति सिर्फ इतनी है कि संघ के समर्थक लोग आज सरकार में भी है। इसलिए उन लोगों ने सरकार के प्रयासों की जानकारी भी दी। संघ चाहता है कि जब हमारे लोग सरकार में बैठे हैं, तो इन विषयों पर अच्छा काम हो।'

स्वदेशी जागरण मंच के राष्ट्रीय संगठक कश्मीरी लाल ने कहा कि– 'हम संतुष्ट हैं, तालमेल बेहतर है। हमारे जो भी मुद्‌दे हैं, सरकार उसे समझने का प्रयास कर रही है।'

भारतीय किसान संघ के राष्ट्रीय महासचिव प्रभाकर केलकर ने कहा कि– 'यह प्रक्रिया चलती रहती है। सरकार ने बताया कि वह क्या कर रही है, हमने अपनी बात कही।'

संघ को भरोसा है कि भाजपा उसके इशारों को समझेगी और नये नेताओं का भी चयन करेगी। ऐसा होने पर संघ अपने कार्यों को बढ़ाने तथा सहायता देकर पार्टी को आगे ले जाने के लिए भी तत्पर रहेगी। भाजपा तथा संघ की समन्वय बैठक की शुरुआत 2 सितंबर, 2015 बुधवार को तथा समापन 4 सितंबर, 2015 शुक्रवार को हुआ।

संघ परिवार और भाजपा की एक-दूसरे से अपेक्षाएं

पहली बार ऐसा अवसर आया है जब हिन्दूवादी संगठनों सहित संघ परिवार को लग रहा है कि जिन मुद्दों पर सालों से काम कर रहे हैं, उन्हें जमीनी हकीकत में तब्दील किया जा सकता है। पहली बार भाजपा की पूर्ण बहुमत वाली सरकार केंद्र में आई है। इसे संघ परिवार अपने लिए भी विस्तार का सबसे सही मौका मान रहा है। अटल बिहारी वाजपेयी के नेतृत्व में जब केंद्र में सरकार बनी थी, तब भी संघ परिवार खुश था, लेकिन गठबंधन की इस सरकार ने परिवार को निराश किया, जिसके कारण वाजपेयी और संघ परिवार के बहुत अच्छे संबंध नहीं रहे। अब जब प्रधानमंत्री मोदी खुद के स्वयंसेवक होने पर गर्व करते हैं, तो संघ परिवार भी प्रसन्न है।

फिलहाल राष्ट्रीय स्वयंसेवक संघ का फोकस निम्नलिखित विषयों पर है–

शिक्षा का भारतीयकरण

संघ परिवार का मानना है कि आधुनिक शिक्षा के नाम पर पश्चिमी सभ्यता, भारतीय संस्कृति पर हावी हो गई है। इसलिए शिक्षा का भारतीयकरण होना आवश्यक हो गया है। उसमें नैतिक शिक्षा का स्थान हो और वैदिक शिक्षा पर भी जोर हो। सरकार ने नई शिक्षा नीति पर काम करना शुरू कर दिया है। सभी स्टॉक होल्डर्स की राय ली जा रही है। दिसंबर 2015 तक पॉलिसी का पहला ड्राफ्ट तैयार होने की उम्मीद है। संघ के एक पदाधिकारी का कहना है कि –'हम आशा करते हैं कि नई शिक्षानीति हमारी उम्मीदों पर भी खरी उतरेगी।'

हिन्दी-संस्कृत को बढ़ावा देने पर ध्यान

सरकार बनने के कुछ समय बाद ही गृह मंत्रालय ने एक सूचना जारी किया, जिसमें सरकारी विभाग और सोशल साइट्स में ज्यादातर काम हिन्दी में करने को कहा गया था। किन्तु तमिलनाडु, कर्नाटक, केरल और ओडिशा से विरोध के सुर उठने के बाद इसे रूटीन नोटिस बताया गया। स्कूलों में जर्मन भाषा की जगह संस्कृत पढ़ाया जाने लगा। हालांकि मानव संसाधन विभाग (एचआरडी) मंत्रालय ने इसकी वजह टेक्निकल बताते हुए विवाद शांत करने की कोशिश की। फिर जब 'शिक्षक दिवस' (टीचर्स डे) को 'गुरु उत्सव' नाम देने की कोशिश हुई, तो तमिलनाडु से भाजपा की सहयोगी दलों ने विरोध करते हुए इसे 'संस्कृत थोपने की कोशिश' बताया।

इतिहास में 'सुधार'

संघ परिवार का मानना है कि अब तक इतिहास को तोड़-मरोड़कर पेश किया गया और संघ की विचारधारा के करीबी महान लोगों को अहमियत नहीं दी गई है। इसलिए संघ चाहता है कि इतिहास में सुधार का काम भी हो। इसके अलावा हिन्दू महासभा की मांग है कि मुस्लिम आक्रांताओं के नाम पर जितने भी शहर और सड़कों के नाम हैं, उसे परिवर्तित कर दिया जाए।

इसी क्रम में नई दिल्ली में औरंगजेब रोड का नाम बदलकर डॉ. अब्दुल कलाम रोड रख दिया गया है। यानी अब इतिहास को नए सिरे से भारतीय परिप्रेक्ष्य में लिखने की तैयारी है। संघ से जुड़ा संगठन 'अखिल भारतीय इतिहास संकलन योजना' इस पर काम कर रहा है। इंडियन काउंसिल ऑफ हिस्टोरिकल रिसर्चर (आईसीएचआर) के नये प्रमुख इतिहासकार सुदर्शन राव को संघ की विचारधारा के करीब माना जाता है।

संस्कृति प्रदूषण (कल्चर पल्यूशन)

संस्कृति एवं पर्यटन मंत्री महेश शर्मा का कहना है कि हमने संस्कृति प्रदूषण दूर करने के लिए इस पर काम शुरू कर दिया है। कुछ दिनों पूर्व मुंबई, अहमदाबाद, राजस्थान और हरियाणा ने जैन समुदाय के पर्यूषण पर्व के दिनों में मीट बैन करने का फरमान जारी किया था। हालांकि तीखे विरोध के बाद मामले में कुछ नरमी बरतते हुए मुंबई ने बैन के दिनों की संख्या घटा दी, तो हरियाणा ने नोटिस वापस ले लिया। इससे पहले मानव संसाधन विभाग मंत्रालय, संघ के एक सदस्य के पत्र के आधार पर आईआईटी को

वेज और नॉनवेज कैंटीन अलग करने की बात लिख चुकी है। गौ-मांस पर बैन की मांग लगातार संघ परिवार के संगठन उठा ही रहे हैं। घर वापसी जैसे अभियान, बच्चों को नैतिक शिक्षा पढ़ाने की मांग, हिन्दुओं को ज्यादा बच्चे पैदा करने चाहिए-जैसे बयानों के जरिए हिन्दूवादी संगठन कॉमन सिविलकोड लागू करने के लिए भी दबाव बना रहे हैं।

अपना अजेंडा

राम मंदिर निर्माण, धारा 370 खत्म करने जैसे मसलों पर हिन्दूवादी संगठन कभी नरम तो कभी गरम रुख अपनाते रहते हैं। संघ का कहना है कि सरकार ने जो रोडमैप बनाया है, हम उसे उस पर चलने देंगे ओर इंतजार करेंगे। हालांकि संघ परिवार आर्थिक सुधार पर स्वदेशी हितों का ख्याल रखने के लिए सरकार पर दबाव बना रहा है।

जबकि भाजपा की संघ से निम्नलिखित अपेक्षाएं हैं-

- चुनावों के दौरान राष्ट्रीय स्वयंसेवक संघ अपने कार्यकर्ताओं को पार्टी के पक्ष में माहौल बनाने के लिए काम पर लगाएं।
- कट्टर हिन्दूवादी बयान न दें और कोई ऐसा कदम ना उठाएं, जिससे विरोधियों को सरकार पर हमला करने का मौका मिले।
- आर्थिक सुधार पर सहयोगी संगठन सरकार के खिलाफ बात न करें, इसे लागू करने में सरकार की मदद करें। साथ ही बयानबाजी से बचते हुए आंतरिक सलाह दें।
- भूमि अधिग्रहण मामले पर संघ परिवार के संगठनों के विरोध और फिर कदम पीछे खींचने जैसे जिन भी मामलों में सरकार की किरकिरी हुई है, उस पर सहयोगी संगठन लोगों को समझाएं और पार्टी के पक्ष में माहौल बनाने में मदद करें।

दोनों ही सहयोगी दल एक-दूसरे की भावनाओं को समझते हुए एक-दूसरे की मदद करते हुए, देश के उत्थान के लिए परस्पर सहयोग से कार्य करते हुए अपने-अपने विस्तार और राष्ट्र की प्रगति के लिए व्यापक कार्य कर सकते हैं। बस महत्त्वपूर्ण है एक-दूसरे को समझने की।

जीवन के मुख्य पड़ाव

1950 - 11 सितंबर, चंद्रपुर (महाराष्ट्र) में जन्म।

1974 - अकोला स्थित 'पंजाब राव कृषि विद्यापीठ' से पशु चिकित्सा विज्ञान और पशुपालन (वेटरनिरी सांइसेज एंड एनीमल हस्जबेंडरी) में स्नातक परीक्षा पास की।

1975 - पशु चिकित्सा विज्ञान में स्नातकोत्तर अध्ययन अधूरा छोड़कर आपातकाल में संघ के प्रचारक बन गए।

1977 - अकोला में जिला संघ प्रचारक।

1981 - नागपुर व विदर्भ में प्रांत प्रचारक के तौर पर कार्यरत।

1989 - अखिल भारतीय सह शारीरिक प्रमुख नियुक्त किए गए।

1991 - शारीरिक शिक्षण प्रमुख तथा प्रचारक प्रमुख (एक वर्ष तक)।

2000 - सरकार्यवाह के पद पर निर्वाचित।

2009 - 21 मार्च को सरसंघचालक के पद पर स्थापित।

2014 - 16वीं लोकसभा चुनाव में भाजपा को निर्णायक जीत दिलवाने में पर्दे के पीछे से महत्त्वपूर्ण भूमिका निभाई।

2014 - नवंबर में पहली बार उनके नेतृत्व में 'वर्ल्ड हिन्दू कांग्रेस' का तीन दिवसीय सम्मेलन आयोजित किया गया।

2015 - जून से 'जेड प्लस' श्रेणी की सुरक्षा प्रदान की गई।

2015 - सूरत (गुजरात) में उन्हें जैन मुनि अभयदेव सूरिश्वर द्वारा सोने की स्याही से लिखी 'श्रीमद्भगवतगीता' भेंट की गई।

संदर्भ

इस पुस्तक की संरचना में तमाम सूचना माध्यमों का सहारा लिया गया, जिनमें अनेक प्रतिष्ठित महानुभाव से साक्षात्कार, समाचार-पत्र, पत्रिकाएं और वेबसाइट में प्रकाशित सूचनाएं भी शामिल हैं। इनमें प्रमुख हैं–

नवभारत टाइम्स,
दैनिक हिंदुस्तान,
नई दुनिया,
दैनिक जागरण,
विश्व संवाद केंद्र भारत,
विचार विनिमय प्रकाशन,
इंडिया टुडे,
पाञ्चजन्य,
आजतक,
आउटलुक,
तहलका,
आज समाज,
अमर उजाला,
टाइम्स ऑफ इंडिया,
इंडियन एक्सप्रेस,
लोकमत टाइम्स एवं
दैनिक भास्कर।

■■■

www.ingramcontent.com/pod-product-compliance
Lightning Source LLC
LaVergne TN
LVHW051021051026
849532LV00004BA/1309